시작책

첫 장도 넘기기 힘든 당신을 위한

시작책

한국서점인협의회 엮음

강양구 외 지음

북바이북

책 읽는 사람이 되는 방법

스마트폰의 보급, 다양한 매체의 등장 등으로 독서 환경이 변화하고 있습니다. 책을 읽는 사람과 시간은 줄어들고 있지만, 이색적인 책 공간과 독서 프로그램은 주목받기 시작했습니다. 이러한 상황 속에서 서점인들은 늘 지역 서점의 새로운 역할과 의미를 고민합니다.

많은 사람이 찾는 책, 주제와 내용이 좋은 책, 편집과 디자인이 빼어난 책 등 이미 많은 매체에서 책을 소개하고 추천하고 있습니다. 하지만 직접 책을 만져보고 고르는 즐거움, 예상치 못했던 책의 우연한 발견은 오프라인 서점에 있습니다. 시행착오를 거쳐 독서의 세계로 빠져드는 입구로서 서점은 여전히 중요한 공간입니다.

그렇다면 서점이 책을 읽는 사람들을 위한 공간인 동시에 책을 읽지 않는 사람들을 위한 공간이라는 것에 서점의 미래, 책의 미래가 있지 않을까요?

책을 읽지 않는 사람이 책을 읽는 사람이 되려면 어떻게 해야 할까요? 간단합니다. 시간을 내서 책을 읽으면 됩니다. 용기 내서 고른 책의 첫 장을 넘기기도 전에 졸음이 밀려온다고 너무 자책하지 않으셨으면 합니다. 세상에는 정말 다양한 책들이 있고, 여러분에게 알맞은 재미와 정보, 의미를 줄 수 있는 책을 만날 기회가 아직 많이 있으니까요.

『시작책』은 동네서점에서 그런 책을 발견할 수 있었으면 하는 마음으로 기획된 한국서점인협의회(한서협)의 프로젝트입니다. 책을 제대로 접해본 경험이 없는 독자들이 책의 의미와 즐거움을 발견할 수 있도록 도와주는 책, 그 책과 함께 읽어보면 좋은 책을 한데 모아 '시작책' 서가를 만들었습니다.

각 분야의 작가들이 쉽지만 의미 있는 책을 추천하고, 독자들은 동네서점에서 작가들의 추천을 발견하고 책에 귀 기울이길 바랐습니다. 그러면서 꼬리에 꼬리를 무는 것처럼 책과 서점을 즐길 수 있다면 더욱 좋겠습니다.

필진으로는 책과 강연을 통해 동네서점과 인연을 맺은 여러 작가와 전문가가 함께했습니다. '독서의 재미를 알려주는 책'이라는 『시작책』의 취지에 맞게 서점인들의 추천을 받은 필자들이 각 분야에 맞는 책을 선정하고 소개 글을 썼습니다. 이 책에는 작가인 동시에 다독가이자 애서가인 필자들의 경험이 십분 녹아있습니다. '시작책'과 '함께 읽으면 좋은 책'을 따라 책 읽기를 시작해보세요.

'1장 누군가의 이야기가 듣고 싶은 당신에게'는 신간 소개 프로젝트인 한서협 '서점 친구들'에서 소개한 황인찬 시인, 김서령 소설가, 설재인 소설가가 책을 추천했습니다. 동시대의 질문과 감각이 담긴 책을 골랐습니다. 재미로 시작해 질문으로 이어지는 문학의 매력을 느끼게 합니다.

'2장 세상을 알고 싶은 당신에게'는 동네서점 강연을 맡아주셨던 연지원 작가, 강양구 과학 전문 기자, 김동국 철학자가 책을 추천했습니다. 인문, 과학, 철학 분야의 전체적인 맥락을 이해할 수 있는 책들로, 차근차근 부담 없이 읽어가며 독서 입문의 기쁨을 느끼게 하는 책들입니다.

'3장 충만한 삶이 필요한 당신에게'는 큐레이션 프로젝트인 한서협 '종이약국'에 참여한 연지원 작가와 함께,

김기대 상담심리사, 김채린 미학자가 책을 추천했습니다. 마음의 작동 방식과 예술의 역사를 이해함으로써 지금의 우리를 돌아보고, 풍요로운 내면을 가꿀 수 있게 돕는 책들입니다.

'4장 책 읽기를 시작하는 아이들에게'와 '5장 내가 누군지 궁금한 아이들에게'는 이숙현·이진우 작가와 한미화 출판평론가, 최승필 독서교육 전문가가 책을 추천했습니다. 나이에 맞게 공감하며 읽을 수 있는 책들로 아이들이 성장하는 과정에서 필요한 책, 함께 이야기 나눌 수 있는 책 들을 소개합니다.

추천 글을 써주신 작가 분들과 기획에 참여한 서점인들에게 감사합니다. 동네서점과 독자 여러분의 읽기를 응원합니다.

한국서점인협의회

차례

1장

누군가의 이야기가
듣고 싶은 당신에게

— 황인찬

2010년 <현대문학>을 통해 작품 활동을 시작했다.

지은 책으로는 시집 『구관조 씻기기』, 『희지의 세계』,

『사랑을 위한 되풀이』가 있다.

시 시작책

『조이와의 키스』

배수연 지음,
민음사,
2018

　　시는 사유의 장르가 아니라 감각의 장르다. 배수연 시인의 『조이와의 키스』는 그 감각의 논리를 따라 언어와 사물을 이리저리 만지며 뛰노는 시집이다. '비숑프리제'와 '라넌큘러스'라는 말을 마주치자 갑자기 '비숑큘러스!' 하고 신나서 외치는 기쁨이란 무엇일까. 기쁨과 입 맞추는 일이 무엇인지, 그리고 거기에 때로 어떤 슬픔이 숨어있는지 알게 해주는 시집이다.

함께 읽으면 좋은 책

『아름다운 그런데』 한인준 지음, 창비, 2017

『책상은 책상이다』 페터 빅셀 지음, 이용숙 옮김, 위즈덤하우스, 2018

『우아하고 호쾌한 여자 축구』 김혼비 지음, 민음사, 2018

『싱고, 라고 불렀다』

신미나 지음,
창비,
2014

우리의 삶에는 우리도 모르는 비밀이 많고, 어쩌면 죽는 날까지도 그 비밀이 무엇인지 알지 못할 것이다. 신미나 시인의 『싱고, 라고 불렀다』는 그 비밀을 부드럽고 섬세하게 매만지는 시집이다. '장판에 손톱으로 꾹 누른 자국'을 마음이라고 생각하는 이 시인은 그 분명하고 작은 슬픔을 끊임없이 매만진다. 거기에 담긴 비밀은 결코 풀릴 일이 없지만, 우리는 거기서 위안을 얻을 수도 있을 것이다.

함께 읽으면 좋은 책

『올리브 키터리지』 엘리자베스 스트라우트 지음, 권상미 옮김, 문학동네, 2010

『프롤로그 에필로그 박완서의 모든 책』 박완서 지음, 작가정신, 2020

『베어타운』 프레드릭 배크만 지음, 이은선 옮김, 다산책방, 2018

『연애의 책』

유진목 지음,
삼인,
2016

사랑은 기울어진 두 사람의 몸이 서로를 지탱하는 일
이지만, 동시에 홀로 남은 몸이 쓰러지지 않도록 애쓰는
일이기도 하다. 유진목 시인의 『연애의 책』은 사랑하던 두
사람의 모습을 기억하는 한 사람을 그린다. 때로 그것은
매우 아름답고, 때로는 매우 애틋하다. '연애의 책'이란 지
금의 연애가 아니라, 지나간 연애에 대한 것일 수밖에 없
는 것이다.

함께 읽으면 좋은 책

『연애의 기억』 줄리언 반스 지음, 정영목 옮김, 다산책방, 2018

『남해 금산』 이성복 지음, 문학과지성사, 1986

『혼자가 혼자에게』 이병률 지음, 달, 2019

『무인도를 위하여』

신대철 지음,
문학과지성사,
1977

　　섬세하고 취약한 영혼의 시집이다. 폭력과 자연 사이에서, 신경증적이면서도 한없이 아름다운 진술을 해나가는 이 시집을 읽다 보면 나의 영혼 역시 아득한 숲속에 홀로 던져진 것 같은 느낌을 받게 된다. 내게 처음으로 시란 것이 이토록 아름다운 것임을 알게 해준 시집이기도 하다. '행위'와 '행위' 사이에서 '1분간, 2분간, 3분간' 멎어 있는 시인과 함께 잠시 멈춰보는 것은 어떨까.

함께 읽으면 좋은 책

『밝은 방』 롤랑 바르트 지음, 김웅권 옮김, 동문선, 2006

『셰이머스 히니 시전집』 셰이머스 히니 지음, 김정환 옮김, 문학동네, 2011

『기억이 나를 본다』 토마스 트란스트뢰메르 지음, 이경수 옮김, 들녘, 2004

『슬픈 감자 200그램』

박상순 지음,
난다,
2017

시의 세계에서 사물은 관련을 잃는다. 언어란 사물과는 본질적으로 다른 것이라는 사실이야말로 시를 시로 성립하게 하는 가장 중요한 근거이기 때문이다. 발랄하고도 고독한 박상순의 시는 바로 이 언어를 통한 실험과 놀이의 꾸준한 기록이다. 왜 굳이 '슬픈 감자'일까. 왜 굳이 '200그램'일까. 거기에는 아무런 이유도 없지만, 동시에 '슬픈 감자 200그램'이 아니고서는 불가능한 감각이 있다.

함께 읽으면 좋은 책

『존재의 세 가지 거짓말』 아고타 크리스토프 지음, 용경식 옮김, 까치, 2014
『나는 장난감 신부와 결혼한다』 이상 지음, 박상순 옮김, 민음사, 2019
『사물의 편』 프랑시스 퐁주 지음, 최성웅 옮김, 읻다, 2019

『너의 거기는 작고 나의 여기는 커서 우리들은 헤어지는 중입니다』

김민정 지음,
문학과지성사,
2019

가장 친숙한 입말로 만들어진 이 시집은 시의 영역을 거침없이 확장하고 있다. 그냥 말, 그냥 이야기, 그냥 일상, 그 모든 그냥이 김민정 시인에게는 시의 새로운 형식이 된다. 이 시집의 구어체는 과거 윤동주나 서정주의 구어체와는 다른 방식으로 작동하고 있으므로, 그 지점에서 비교를 하며 읽어봐도 매우 흥미롭고 재미있을 것이다. 물론 그냥 읽어도 매우 재미있다는 점이 제일 중요하다!

함께 읽으면 좋은 책

『하늘과 바람과 별과 詩』 윤동주 지음, 소와다리, 2016
『전쟁은 여자의 얼굴을 하지 않았다』 스베틀라나 알렉시예비치 지음, 박은정 옮김,
문학동네, 2015
『무한화서』 이성복 지음, 문학과지성사, 2015

『오늘 같이 있어』

박상수 지음,
문학동네,
2018

　우리 삶에는 조리가 없고, 이치가 없고, 아이러니만 반복되고 있는 것 같다. 박상수 시인의 『오늘 같이 있어』는 그 아이러니를 매우 재치 있게 잡아채어 시로 그려 보인다. 직장 생활에서 겪게 되는 여러 고충들, 사회생활에서 동료나 친구들에게 느끼는 친근감과 적대감 등이 약간의 한숨, 약간의 피로감, 약간의 기대 속에서 흥미롭게 펼쳐지는 시집이다. 쉽게 공감을 하다가, 어느 순간 머나먼 어딘가로 날려지는 듯한 감각이 펼쳐진다.

함께 읽으면 좋은 책

『동트기 전 한 시간』 고이케 마사요 지음, 한성례 옮김, 포엠포엠, 2014
『대체 뭐하자는 인간이지 싶었다』 이랑 지음, 달, 2016
『대도시의 사랑법』 박상영 지음, 창비, 2019

『무족영원』

신해욱 지음,
문학과지성사,
2019

어떤 단어가 익숙한 맥락에서 벗어날 때, 나는 짜릿함을 느낀다. 내게 가장 짜릿한 시집은 신해욱 시인의 『무족영원』이다. 그의 시는 매우 섬세하면서, 동시에 아주 황량하다. 이 황망함 속에서 불쑥 튀어나오는 낯선 단어들로부터 지금껏 겪어본 적 없는 짜릿함을 느낄 수 있을 것이다. 그런데 이 시집의 가장 뛰어난 점은 이 낯선 감각이 사실은 우리가 이미 알고 있던 무엇이라는 점이다.

함께 읽으면 좋은 책

『일인용 책』 신해욱 지음, 봄날의책, 2015

『당신 인생의 이야기』 테드 창 지음, 김상훈 옮김, 엘리, 2016

『암호해독사』 잇시키 마코토 지음, 한성례 옮김, 황금알, 2015

『이별의 능력』

김행숙 지음,
문학과지성사,
2007

'나는 2분간 담배연기'가 되고, '3분간 수증기'가 된다. 나는 기체가 되어 지상으로부터 벗어나 공중으로 피어오른다. 나는 당신을 태우고 날아가는 연기이며, 세상의 모든 새를 거느리고 이민을 간다. 시인은 이 모든 시적 변화를 일컬어 '이별의 능력'이라 부른다. 그것은 당신과의 이별뿐만 아니라 내가 알고 있는 세계와의 이별이기도 하다. 우리도 이 시집과 더불어, 이별의 능력을 '최대치'에 이르게 할 수 있다.

함께 읽으면 좋은 책

『여자짐승아시아하기』 김혜순 지음, 문학과지성사, 2019
『에로스와 아우라』 김행숙 지음, 민음사, 2012
『정확한 사랑의 실험』 신형철 지음, 마음산책, 2014

『우리 다른 이야기 하자』

조해주 지음,
아침달,
2019

자주 가는 카페가 있지만, 그곳에서 일하는 분이 나를 알아보지는 않았으면 하는 마음. 내가 요청한 것과 다른 물건이 나왔지만, 해명하기 싫어 그냥 고맙다고 하는 마음. 다들 공감하는 상황이 아닐까. 조해주 시인은 이처럼 우리 모두의 마음을 너무나 영리하고도 섬세하게 잘 뽑아내어 그것을 시로 풀어낸다. 그것을 마주한 우리는 내 마음이 참으로 어색하고도 이상하다는 생각을 하게 된다.

함께 읽으면 좋은 책

『그게 누구였는지만 말해봐』 존 치버 지음, 황보석 옮김, 문학동네, 2008

『랩 걸』 호프 자런 지음, 김희정 옮김, 알마, 2017

『감정화하는 사회』 오쓰카 에이지 지음, 선정우 옮김, 리시올, 2020

책을 읽기 시작한
당신에게

_황인찬

시가 어렵다는 말을 많이 듣습니다. 그러나 시의 어려움이란 시가 이해해야만 하는 것이라는 통념에 의한 것입니다. 그러나 예술은 꼭 인식과 이해를 통해서만 체험할수 있는 것은 아닙니다. 현대 미술을 떠올려본다면 좋을 것 같습니다. 우리는 미술관의 현대 미술 작품을 모두 이해하면서 감상하지는 않습니다. 그저 색채와 형태, 질감, 그 모든 것들을 아우르는 어떤 분위기를 즐기는 것만으로도 풍요로운 즐거움을 얻어냅니다. 시 역시 마찬가지입니다. 한 편의 시가 제시하는 하나의 문장이나 단어, 혹은 이미지 등을 느끼는 것만으로도 우리는 충분히 시를 즐기고 있는 것입니다. 물론 선행 지식이 있다면, 장르에 대한 지식이 충분하다면 더욱 많은 부분을 즐길 수도 있겠지요.

여기 추천한 시집들은 다양한 개성을 갖고 있습니다.

이해의 측면에서도 비교적 쉽게 이해되는 시집부터 손쉬운 이해 자체를 스스로 거부하는 시집까지 여러 면모를 갖추고 있습니다. 그러나 이 중에 가장 쉽게 읽히는 시집이 여러분이 처음으로 좋아하는 시집이 되지 않을 수도 있습니다. 어쩌면 여러분은 이해하지 못하는 채로 깊이 빠져드는, 그런 시집을 만날 수도 있을 것입니다. 우리가 누군가를 사랑할 때, 그 사랑이 어디서 오는지 알지 못하는 것처럼, 그저 자신을 잃고 깊이 빠져들게 되는 것처럼, 그런 시작이 가능하기를 진심으로 소망합니다.

— 김서령

중앙대학교 문예창작학과를 졸업한 뒤 〈현대문학〉

신인상을 받으며 소설가가 되었다. 소설 『작은 토끼야

들어와 편히 쉬어라』, 『티타티타』, 『어디로 갈까요』,

『연애의 결말』, 산문집 『우리에겐 일요일이 필요해』,

『에이, 뭘 사랑까지 하고 그래』 등을 출간했다.

소설 시작책

『다윈 영의 악의 기원』

박지리 지음,
사계절,
2016

이게 정말 한국 소설이라고? 다윈 영, 루미, 레오 등 한국인이 아닌 듯한 주인공들의 이름과 안정적인 1지구부터 혹독한 땅 9지구까지 신비롭기 짝이 없는 소설의 배경, 그리고 과거인지 미래인지도 알 수 없는 시간대. 모든 것이 낯설고 매력적이다. 추리소설의 형식을 띤 탓에 900쪽에 가까운 벽돌책임에도 책장은 빠르게 넘어가는데, 그에 넋을 빼앗길 일이 아니다. 작가가 치밀하게 만들어놓은 세계관이 더 큰 즐거움을 준다. 박지리 작가는 아쉽게도 서른한 살 나이로 세상을 떠났고, 이 소설은 뮤지컬로도 제작되었다.

함께 읽으면 좋은 책

『우리가 빛의 속도로 갈 수 없다면』 김초엽 지음, 허블, 2019
『그믐, 또는 당신이 세계를 기억하는 방식』 장강명 지음, 문학동네, 2015
『대도시의 사랑법』 박상영 지음, 창비, 2019

『달콤 쌉싸름한 초콜릿』

라우라 에스키벨 지음,
권미선 옮김,
민음사, 2004

　차벨라 웨딩 케이크, 북부식 초리소, 아몬드와 참깨를 넣은 칠면조 몰레, 장미 꽃잎을 곁들인 메추리 요리, 소꼬리 수프, 호두 소스를 끼얹은 칠레고추 요리. 모두 『달콤 쌉싸름한 초콜릿』 속 소제목들이다. 이렇게 맛있는 소제목 아래 달콤하고 섹시한 이야기가 환상적으로, 과장이 아니라 정말 환상적으로 펼쳐진다. 마술적 리얼리즘 문학의 대표적 작품답다. 멕시코 시골 마을 티타의 슬픈 사랑 이야기는 그녀가 펼치는 요리만큼이나 절묘하고 매력적이다. 마술적 리얼리즘 문학이 궁금하다면 읽어보시라.

함께 읽으면 좋은 책

『해변의 카프카』(전 2권) 무라카미 하루키 지음, 김춘미 옮김, 문학사상사, 2008

『백년의 고독』(전 2권) 가브리엘 가르시아 마르케스 지음, 조구호 옮김, 민음사, 2000

『고래』 천명관 지음, 문학동네, 2004

『옥상에서 만나요』

정세랑 지음.
창비,
2018

　'정세랑앓이'라는 말을 만들어낼 정도로 독자들의 사랑을 받고 있는 작가의 첫 소설집. 정세랑의 소설은 다정하다. 대단할 것도 없는 주인공들은 하나같이 반짝거리고 또 발랄하다. 그런 주인공들이 들려주는 이야기이니 다정하지 않을 수가. 통통 튀는 정세랑의 발상에 매료되어 살짝 낯설게 느껴졌던 SF라는 장르조차도 쉽게 맛볼 수 있다. 20대, 30대 여성들이라면 공감백배 소설이 될 듯하다.

함께 읽으면 좋은 책

『달팽이 식당』 오가와 이토 지음, 권남희 옮김, 북폴리오, 2010
『푸른 수염』 아멜리 노통브 지음, 이상해 옮김, 열린책들, 2014
『캐롤』 퍼트리샤 하이스미스 지음, 김미정 옮김, 그책, 2016

『예순여섯 명의 한기씨』

이만교 지음,
문학동네,
2019

2019년 읽은 소설 중 최고였다고 망설이지도 않고 말할 수 있다. 『결혼은, 미친 짓이다』(이만교 지음, 민음사, 2005)로 일약 스타 작가의 반열에 올라섰던 이만교의 이 작품은 용산 참사를 세심하게 되짚는 소설이다. 임한기는 주인공이지만 직접적으로 등장하지 않는다. 예순여섯 명의 진술로 그려지는 여러 모습을 한 남자. 착하고 순박한 청년인가 싶었지만 용역 깡패였고 또 데모꾼, 프락치가 되기도 하는 희한한 주인공. 임한기의 정체를 파헤치는 이 소설은 이만교의 단정하고 정갈한 문장에 힘입어 용산 참사를 기록하는 아름다운 한 권의 작품으로 남았다.

함께 읽으면 좋은 책

『세계의 끝 여자친구』 김연수 지음, 문학동네, 2009
『새의 시선』 정찬 지음, 문학과지성사, 2018
『망루』 주원규 지음, 문학의문학, 2010

『발자크와 바느질하는 중국소녀』

다이 시지에 지음,
이원희 옮김,
현대문학, 2005

첫 장부터 마지막 장까지 쉼 없이 유쾌하다. 마오쩌둥이 주도한 문화대혁명 시절의 중국, 고등학교를 졸업한 젊은 지식인들은 모두 농촌으로 보내져 재교육을 받아야 했다. 두 소년은 부모가 부르주아 계급의 의사라는 이유로 첩첩산중으로 보내지고, 그곳에서 바느질하는 소녀를 만나 사랑에 빠진다. 그것이 끝이 아니고, 두 소년이 들려주는 발자크 소설에 매료되어 긴 머리를 자르고 도시로 떠나버리는 바느질 소녀. 유머와 낭만이 넘치는, 그야말로 끝내주는 첫사랑 이야기다.

함께 읽으면 좋은 책

『허삼관 매혈기』 위화 지음, 최용만 옮김, 푸른숲, 2007

『D의 콤플렉스』 다이 시지에 지음, 용경식 옮김, 현대문학, 2006

『딩씨 마을의 꿈』 옌롄커 지음, 김태성 옮김, 자음과모음, 2019

『레몬』

권여선 지음,
창비,
2019

　　제대로 이별하지 못한 사람들의 슬픔을 알고 있다. 제대로 애도되지 못하였으니 제대로 이별할 기회도 갖지 못했고, 그래서 불행해진 사람들의 아픔도 알고 있다. 알고는 있으나 내가 쓰지 못했던 이야기. 권여선 작가가 아름답게 써 내려갔다. 언니 해언을 잃은 동생 다언이 뒤에 남아 언니가 죽은 자리를 좇는다. 해언의 죽음에 얽힌 미스터리를 푸는 일보다 다언이 다시 환하게 살 수 있기를 바라는 마음으로 이 소설을 끝까지 읽었다.

함께 읽으면 좋은 책

『디디의 우산』 황정은 지음, 창비, 2019
『잘못은 우리 별에 있어』 존 그린 지음, 김지원 옮김, 북폴리오, 2019
『경애의 마음』 김금희 지음, 창비, 2018

『건지 감자껍질파이 북클럽』

메리 앤 섀퍼·
애니 배로스 지음,
신선해 옮김,
이덴슬리벨, 2018

　가본 적도, 들어본 적도 없는 영국 해협 채널 제도의 건지섬. 이 소설을 읽고 나면 그 건지섬이 어찌나 그리워지는지. 도대체 이 제목은 무슨 뜻인지 궁금했다면 간단하다. 건지는 섬 이름, 감자껍질파이는 전쟁 중 재료가 귀해 오직 감자껍질만 깎아 넣어 만든 파이이고, 북클럽은 독일군의 감시를 피하기 위해 얼렁뚱땅 결성된 모임일 뿐. 그런데 그곳에서 피어나는 휴머니즘과 로맨스가 하도 따뜻해 그만 푹 빠지게 되는 소설이다. 넷플릭스에서 동명의 영화로도 만날 수 있다.

함께 읽으면 좋은 책

『속죄』 이언 매큐언 지음, 한정아 옮김, 문학동네, 2003
『책 읽어주는 남자』 베른하르트 슐링크 지음, 김재혁 옮김, 시공사, 2013
『동급생』 프레드 올만 지음, 황보석 옮김, 열린책들, 2017

『반전이 없다』

조영주 지음,
연담L,
2019

　　세계문학상 수상 작가 조영주다. 게다가 이건 CJ엔터테인먼트와 카카오페이지가 주최하는 추리·미스터리·스릴러 공모전에서 수상한 작품이다. 일단 재미는 보장된다고 봐야 한다. 역시나 카카오페이지에서 연재할 당시 평점 10점 만점에 10점이라는 점수를 기록했다. 안면인식장애를 가진 형사의 등장만으로도 호기심이 발동하는데 작가의 전작 『붉은 소파』에 등장했던 김나영 형사도 다시 등장한다. 팬들을 몰고 다니는 인기 작가답게 재미난 요소들을 곳곳에 심어놓았다.

함께 읽으면 좋은 책

『인 더 백』 차무진 지음, 요다, 2019

『살롱 드 홈즈』 전건우 지음, 몽실북스, 2019

『유품정리사』 정명섭 지음, 한겨레출판, 2019

『카타리나 블룸의 잃어버린 명예』

하인리히 뵐 지음,
김연수 옮김,
민음사, 2008

노벨문학상 수상 작가 하인리히 뵐의 소설. 소박하고 따뜻한 카타리나는 하룻밤 사랑을 나눈 남자가 경찰에 쫓기고 있다는 것을 알고 그에게 도주로를 알려주었다가 인생이 그야말로 엉망진창이 되고 만다. 경찰의 연행이나 심문은 둘째치고 황색 언론 기자 퇴트게스의 사냥감이 되어 순식간에 "살인범의 정부", "음탕한 공산주의자"로 전락하게 된 것이다. 가짜뉴스 때문에 머릿속이 피곤한 우리가 새삼 읽어보아야 할 고전이다.

함께 읽으면 좋은 책

『분노의 포도』(전 2권) 존 스타인벡 지음, 김승욱 옮김, 민음사, 2008

『오만과 편견』제인 오스틴 지음, 윤지관·전승희 옮김, 민음사, 2003

『브람스를 좋아하세요…』프랑수아즈 사강 지음, 김남주 옮김, 민음사, 2008

『더 와이프』

메그 월리처 지음,
심혜경 옮김,
뮤진트리, 2019

　　작가 지망생이었던 아내 조안은 전 세계 문학인들의 선망의 대상인 헬싱키문학상을 받게 된 남편 조지프를 따라 시상식에 참여한다. 평생 남편의 문학 수발을 하며 살아왔으니 그녀는 행복하고 뿌듯하겠지. 하지만 천만에! 스포일러가 될 테니 나는 입을 막겠지만 이 소설은 그렇게 만만하지 않다. 하나씩 하나씩 벗겨지는 남편 조지프의 위선과 늘 뒤에 서 있었지만 누구보다 치열하고 멋들어진 삶을 산 아내 조안. 이 소설의 여운은 너무나 강렬해서 며칠 끙끙 앓을 정도였다. 동명의 영화도 있다. 하지만 꼭 소설로 먼저 만나시길. 이야기가 훨씬 더 풍성하니 말이다.

함께 읽으면 좋은 책

『시녀 이야기』 마거릿 애트우드 지음, 김선형 옮김, 황금가지, 2018

『이갈리아의 딸들』 게르드 브란튼베르그 지음, 히스테리아 옮김, 황금가지, 1996

『현남 오빠에게』 조남주 외 지음, 다산책방, 2017

책을 읽기 시작한 당신에게

_김서령

    소설가가 된 뒤 모교와 각종 문학아카데미에서 오랫동안 소설 창작 수업을 했다. 변명 같지만 그런 탓에 사람들이 좋은 소설을 추천해달라고 하면 '공부하기 좋은' 소설을 골라주곤 했다. 어리숙한 행동이었다. 좋은 소설이란 당연히 '재미있는' 소설이어야 했는데. 여섯 살이 된 내 아이는 이제 재미있는 그림책을 쏙쏙 골라낼 줄 안다. "엄마! 장수탕 선녀님은 요구르트를 요구릉이라고 해! 요구르트라고 할 줄 몰라서 요구릉이라고 해! 너무너무 웃겨!" 아이는 밤마다 읽고 읽고 또 읽은 백희나 작가의 그림책들을 무더기로 안고 온다. "나는 백희나가 제일 좋아. 엄마도 백희나처럼 잘 써?" 요런 얄궂은 소리도 할 줄 안다. 그래, 소설은 재미있어야지. 『시작책』에서 소개하지는 못했으나 얼마 전 읽은 이금이 작가의 『알로하, 나의 엄마들』을 읽으며 나도 밤을 홀랑 새웠다. 재미있는 소설이 우리에게 주는 즐거움이 얼마나 큰지, 그런 소설을 쓴 작가들은 이생에서 벌인 사소한 잘못이 몇 있더라도 아마 용서받을 수 있을 것이다. 아무렴, 그래야지. 누군가의 긴 밤, 고독과 슬픔을 그만큼 옅어지게 했으니 당연히 그래야지. 햇살밥 뚝뚝 떨어지는 창가에 길게 다리 뻗고 앉아 책장을 넘기고 있을 세상의 아름다운 독자들에게 더 많은 책 선물을 드리고 싶었으나 지면이 적었다.

― 설재인

특목고에서 몇 년간 수학을 가르쳤으나, 수많은
아이들을 불행하게 만들어야 하는 역할에 지쳐 대책
없이 사표를 냈다. 20대 중반까지 운동의 'ㅇ'도 모른
채로 살았는데, 어쩌다 보니 복싱을 수학 교육보다 오래
하고야 말았다. 저서로는 『내가 만든 여자들』, 『어퍼컷
좀 날려도 되겠습니까』가 있다.

에세이 시작책

『인간의 조건』

한승태 지음,
시대의창,
2013

꽃게잡이 배, 돼지 농장, 부품 공장 등에서 일한 경험을 바탕으로 진득하게 쓰인 '노동 에세이'다. 가장 존경하는 글쟁이를 꼽으라면, 사랑하는 모든 소설가를 제쳐두고 그의 이름 '한승태'를 말할 것이다. 어설픈 조사나 제삼자의 취재로는 조향해내기 힘든 냄새가 페이지마다 그득하다. 술술 읽히도록 쓴 거침없는 필력과 위트는 덤. 친구에게 추천했더니, 곧 외마디 비명이 메시지로 날아왔다. "이 작가 진짜 미쳤음. 이건 웬만한 소설보다 더 재밌잖아?" 그 재미 덕분에, 우리는 여태껏 생각해보지 못한 것들에 대한 생각을 마침내 시작하게 되는지도 모른다.

함께 읽으면 좋은 책

『3차 면접에서 돌발 행동을 보인 MAN에 관하여』 박지리 지음, 사계절, 2017

『9번의 일』 김혜진 지음, 한겨레출판, 2019

『웅크린 말들』 이문영 지음, 후마니타스, 2017

『인생 따위 엿이나 먹어라』

마루야마 겐지 지음,
김난주 옮김,
바다출판사, 2013

평소엔 지독히도 말 안 듣고 제멋대로 행동하지만, 가끔은 어른들의 훈수가 필요할 때가 있다. 그냥 어른 말고, 좀 쿨하고 남다른, 멋을 아는 어른의 훈수. 그러나 말로는 도저히 못 듣겠다. 시작한 지 1분도 안 되어 하품이 쩍쩍 나고, 엉덩이가 근질근질하게 될 테니까(너무 오래 공교육의 압박을 참아야 했던 자의 본능적 도피 행위일까). 그러니 대신 책으로 읽는 것은 어떨지. 쉬고 싶을 때 쉴 수 있으며, "어이, 이건 아닌 것 같은뎁쇼?" 하고 입을 삐쭉거릴 수도 있고, 무엇보다 중언부언 '첨언'이 없으므로 깔끔하다. 적어도 마루야마 겐지의 글은 끝내주게 멋지다. 일독에 앞서 체험판이 필요하다면, 차례를 훑어보라.

함께 읽으면 좋은 책

『아침에는 죽음을 생각하는 것이 좋다』 김영민 지음, 어크로스, 2018
『남겨둘 시간이 없답니다』 어슐러 K. 르 귄 지음, 진서희 옮김, 황금가지, 2019
『그래, 이 맛에 사는 거지』 커트 보니것 지음, 김용욱 옮김, 문학동네, 2017

『여자 전쟁』

수 로이드 로버츠 지음,
심수미 옮김,
클, 2019

저널리스트 수 로이드 로버츠가 백혈병으로 세상을 떠날 때까지 전 세계를 돌아다니며 기록한 여자들의 참혹한 실상을 책으로 엮었다. 유엔 평화유지군이 지나는 자리마다, 넘치는 수요 덕에 신이 난 성 착취 인신매매 '업계'가 함께 굴러간다. 국제경찰은 코소보에서 소녀들을 강간하지만, 면책특권이 있어 아무런 처벌을 받지 않는다. 나는 이 책을 읽으며 외고 재직 당시를 떠올릴 수밖에 없었다. '유엔에서 일하고 싶다'라는 장래희망을 적은 원서를 내고 눈을 빛내며 면접을 보던 여중생들은 숱하게 일어나는 이 일들을 몰랐을 텐데. 우리는 이 모든 것을, 사람들을 어떻게 믿고 감당할 수 있을까. 싸울 수 있을까.

함께 읽으면 좋은 책

『팡쓰치의 첫사랑 낙원』 린이한 지음, 허유영 옮김, 비채, 2018
『밀크맨』 애나 번스 지음, 홍한별 옮김, 창비, 2019
『끝나지 않는 노래』 최진영 지음, 한겨레출판, 2011

『유혹하는 글쓰기』

스티븐 킹 지음,
김진준 옮김,
김영사, 2017

나의 '글쓰기 바이블'이다. 열네 살에 처음 읽은 그 순간부터 서른둘이 된 지금까지 변함없이. 또한 이 책은 킹 자신의 유머러스한 자서전이기도 하다. 진짜 삶에는 플롯 같은 건 존재하지 않으므로 애써 만들지 말 것, 뮤즈란 걸 믿지 말고 '매일' 똑같은 시간에 성실히 자리에 앉을 것, 자아도취를 철저히 경계하고 충언을 귀담아들을 것, '책 읽을 시간이 없다'라는 어쭙잖은 변명은 때려치울 것…. 1947년생 할아버지가 뱉는 글쓰기 방법론은 삶 앞에 취해야 할 태도와도 묘하게 닮았다. 일단 그가 지금껏 쓴 소설의 양이 이 작법서의 신뢰도를 증명하지 않는가! 어떻게 저토록 많이 썼단 말인가?

함께 읽으면 좋은 책

『글쓰기의 최전선』 은유 지음, 메멘토, 2015
『스탠 바이 미』 스티븐 킹 지음, 김진준 옮김, 황금가지, 2010
『일간 이슬아 수필집』 이슬아 지음, 헤엄, 2018

『알지 못하는 아이의 죽음』

은유 지음,
임진실 사진,
돌베개, 2019

나의 전직이 교사였던 탓일까. 교실이나 학교, 학생을 다룬 책들을 보면 무심코 넘어가기가 몹시 힘들다. 그리고 슬프게도, 그런 책들은 결코 행복하고 예쁜 이야기를 다뤄주지 않는다. 사람들이 애써 눈 가리고 보려 하지 않는 현실을 적나라하게 까발린다. 이 책은 '교과 공부가 아닌 직업 교육을 통해 적성을 살려주는', '취업이 이토록 힘든 시대에 좋은 직장에 금방 들어가 돈을 벌 수 있게 해주는' 특성화고의 뒷마당에서 벌어지는 아이들의 죽음과 어른들의 묵인을 조명한다. 지금 이 시대를 사는 모든 아이는, 커서 부품이 되어야 쓸모 있다는 칭찬을 듣는다. 그리고 조금 더 일찍 부품이 되었던 아이들이 얼마나 닳고 사라졌는지는 아무도 헤아리지 않는다.

함께 읽으면 좋은 책

『나의 가해자들에게』 씨리얼 지음, RHK, 2019

『최선의 삶』 임솔아 지음, 문학동네, 2015

『교실의 시』 김승일 외 지음, 돌베개, 2019

『오늘 뭐 먹지?』

권여선 지음,
한겨레출판,
2018

　　개인적으로, 우리나라에서 술자리를 가장 맛깔나게 묘사하는 소설가로 권여선과 윤성희를 꼽는다. "술이 안 나오는 소설을 쓰겠다고 다짐해도 자꾸만 정신 차리면 인물들이 저들끼리 술을 마시고 있어서 화들짝 놀라며 삭제를 누르곤 했다"는 권여선 작가의 '본격 음식 에세이'는 도저히 지나칠 수 없는 유혹이다. 총천연색의 맛깔나는 일러스트는 덤이다. 나는 오늘도 라면을 끓이고 열무김치를 꺼낸 후 소맥을 말면서 그의 '까죽나물'에 대한 글을 읽는다. 아아, '까죽나물'이 대체 뭐란 말인가. 궁금해죽겠지만 그걸 해 먹을 에너지도 능력도 곰손인 내겐 없으니 그저 슬픈 일…!

함께 읽으면 좋은 책

『베개를 베다』 윤성희 지음, 문학동네, 2016

『혼밥 자작 감행』 쇼지 사다오 지음, 정영희 옮김, 시공사, 2019

『안녕 주정뱅이』 권여선 지음, 창비, 2016

『묵묵』

고병권 지음,
돌베개,
2018

　이 사회에 만연한 '정상적임'에 대한 집착은 어디서 오는가. 태어난 그 순간부터 얼마나 편협하고 차별적인 가치관에 입각한 교육을 받았는지, 그리고 주변의 어른들이 모든 종류의 폭력을 얼마나 당연한 것으로 여겼는지 책을 읽지 않는 시절의 나는 몰랐다. 분명 사회가 변하고는 있다(고 믿고 싶다). 그러나 모든 면에서, 아주 많이 부족하다. 끝나지 않던 싸움을 바라보며 그것이 성장통이라고 좋게 생각하고 싶어 하는 안일한 나 자신을 발견하곤 소스라친다. 그러니, 이 혼돈한 와중에 나를 포함한 아주 많은 사람이 읽어야 하는 책들이 있다. 자신을 가둔 벽을 허물기 위해서. 잠에서 깨기 위해서.

함께 읽으면 좋은 책

『이상한 정상가족』 김희경 지음, 동아시아, 2017

『선량한 차별주의자』 김지혜 지음, 창비, 2019

『실격당한 자들을 위한 변론』 김원영 지음, 사계절, 2018

『깃털 도둑』

커크 월리스 존슨 지음,
박선영 옮김,
흐름출판, 2019

플라이 타잉 낚싯대에 미끼로 쓰인다는 깃털. 세상에, 이 깃털 하나에 커리어를 다 걸고 범법 행위를 저지르는 사람들이 있을 줄은 상상도 못 했다. 존재조차 모르던 광활하고 아름다운 깃털의 세계에서 벌어진 실화를 다룬 책인데, 누군가 소설로 썼다면 작위적이라고 비난 받았을 만큼 엄청난 서사를 자랑한다. 역시 '덕후'들은 위대하다. 남들은 죽어도 모를 세계에 힘껏 파묻히는 것이야말로 지루한 모든 것들에 날리는 제대로 된 한 방. 사람은 사랑 없이 살 수 없다고들 하지만, 사랑이 생물끼리만 할 수 있는 점유물은 아닌 듯하다. 물론 그 행위가 가끔은 지독하고 또 위험하며 자주 속을 태우지만, 그렇지 않으면 무슨 재미인가.

함께 읽으면 좋은 책

『열광금지, 에바로드』 장강명 지음, 연합뉴스, 2014

『환상통』 이희주 지음, 문학동네, 2016

『우아하고 호쾌한 여자 축구』 김혼비 지음, 민음사, 2018

『그날이 우리의 창을 두드렸다』

416세월호참사
작가기록단 지음,
창비, 2019

개인적으로 절대 견딜 수 없는 것이 있는데 그것은 바로 '-다움'에 대한 강요다. 그토록 슬프고 무섭다면서 어떻게 정력적일 수 있는지, 마이크를 잡고 자기 목소리를 낼 수 있는지, 사람들은 의심하고 심지어는 불쾌해한다. 조용히 있어야 했고 그렇기에 피해자 혹은 유족이 되었는데, 힘듦을 증명하기 위해선 다시 조용히 있어야만 한단다. 그렇지 않으면 당장에 그 고통을 카탈로그에 적고 다니는 세일즈맨으로 취급받는다.

이런 종류의 책을 절대 읽지 않을 사람들이 있을 것이나, 실은 그 사람들이 가장 먼저 읽어야만 한다는 사실이 나를 슬프게 한다. 생각하는 사람은 계속 생각하고, 그렇지 않은 사람은 보통, 영영 그러지 않으니까.

함께 읽으면 좋은 책

『엄청나게 시끄럽고 믿을 수 없게 가까운』 조너선 사프란 포어 지음, 송은주 옮김, 민음
사, 2006
『작은마음동호회』 윤이형 지음, 문학동네, 2019
『연대기, 괴물』 임철우 지음, 문학과지성사, 2017

『서서비행』

금정연 지음,
마티,
2012

유머의 평가에 인색하다. 유행하는 예능을 봐도 통 뭐가 재미있는지 모르겠다. 웃기지 않는데 웃긴다고 주장하는 게 가장 싫다. 반면, 세상만사가 몹시 귀찮다는 무표정으로 우스운 말을 할 줄 아는 사람들을 동경한다. 금정연의 글이 내겐 그렇다. 몇 년 전 어느 강연에서 그에게 사인을 받은 적이 있다. 미세하게 떨리는 손으로 내민 책에 그는 '뭐 귀찮게 이런 걸…' 싶은 표정으로 이름 석 자를 썼는데 그다운 일이었다. 만약 "아이고 감사합니다 행복하세요♡" 따위의 말을 했다면 분명 '탈덕'했을 것이다. 참고로 『서서비행』은 서평(을 가장한 아무 글) 모음이다. 그의 글을 읽기 위해 그가 다룬 책을 사서 읽는 일이 내겐 자주 일어난다.

함께 읽으면 좋은 책

『신의 축복이 있기를, 로즈워터 씨』 커트 보네거트 지음, 김한영 옮김, 문학동네, 2010
『핸드메이드 픽션』 박형서 지음, 문학동네, 2011
『나는 자급자족한다』 오한기 지음, 현대문학, 2018

책을 읽기 시작한
당신에게

_설재인

　"쓸모없는 책 읽지 말고 공부해라"라는 말에 착실히 복종한 탓에, 20년간 멀리하던 책에 다시 빠진 지 얼마 되지 않았으며, 글을 쓴 것은 더 얼마 되지 않았고, 거의 아무도 모르는 책 몇 권을 간신히 써낸 사람…이 접니다. 이런 작자에게 『시작책』 프로젝트 참여 의뢰가 들어오다니. 너무 놀라 배 밖으로 심장이 튀어나올 지경이었지만, 동시에 오만방자한 생각을 했습니다. 진짜 '재미있는' 에세이를 추천하리라는 말도 안 되는 목표를 정했지요. 저는 책의 세상에 묻혀 견디고 치유하고 방금 살아 돌아온 사람이니까, 죽고 싶다는 생각을 잠시 잊을 수 있을 만큼의 책들을 추천하리라는 각오도 했고요. 물론 성공했는지의 여부는 알 수 없지만, 적어도 이 무명의 글쟁이를 만들어 낸 작가님들에 대한 예의를 차리기 위해 최선을 다했다고 말하고 싶습니다.

사실 이 글을 읽으실 분들께, 미리 부탁드릴 말씀이 있어요. 첫 '읽기'를 시작하며 책을 고르셨다면, 그다음은 '쓰기'의 단계로 슬그머니 옮겨 갔으면 좋겠다는 간절한 마음을 가집니다. 이건 개인적인 경험에서 시작된 바람이에요. 당장 내일 죽고 싶어서 한강 다리를 몇 번이고 가로지르던 사람이 겨우 3년 전의 저인데. 지금의 저는요, 절대 죽고 싶지 않거든요. 영원히 살고 싶고(물론 머잖아 알콜성 치매의 덫에 걸릴 예정입니다만), 스티븐 킹보다 더 많은 이야기를 세상에 내겠다는 어이 상실한 포부를 가진 인간이 되어버렸습니다.

그런데요, 그 시작이 에세이였거든요. 저는 제가 쓴 첫 서사를 기억해요. 너무나 힘들게 띄엄띄엄 썼어요. 울면서요, 내가 뭘 쓰고 있는지도 모르고 내 장기를 마구 할퀴면서 썼어요. 이러다 숨이 막혀 죽는 게 아닐까 싶을 정도

로 껵껵대며 썼습니다. 에세이를요(그 글의 일부가 제 첫 소
설집의 마지막 단편에 삽입되었다는 건 '투 머치 인포메이션'이겠
죠). 그러한 자기 고백의 단계를 거치면서, 저는 점점 가상
의 인물들을 불러낼 수 있게 되었습니다. 그들이 어떤 말
을 하고 싶어 끙끙 앓고 있는지 들어보는 법을 배운 거죠.

  그러니까 다시 한번, 시작은 에세이겠지요. 아마 '시작
책'이란 말 대신 '시작글'이란 제목을 붙여도 좋을 것 같
아요. 에세이를 읽는 데 그치지 말고, 써보시길 바라요.
남과 나를 속이는 모든 가면을 내려놓고, 아는 척 있는
척 온갖 척도 하지 말고, 진짜 내 상처를 들여다보길 바
라요. 분명 어딘가 그와 비슷한 일들을 속에 품고 울부짖
는 사람이 있을 거예요. 그럼 그 사람이 실재하든, 혹은
여러분의 환상 속 친구이든, 단단히 관계를 맺고 대화를
나눠봤으면 좋겠어요.

저는 어쩌다 운이 억세게 좋아 훌륭한 책을 많이 만나서, 나도 써보겠다는 만용을 부렸고, 결국 환상 속의 인물들을 만나볼 수 있었어요.

그게 제 삶이 바뀌게 된 시작이었습니다.

2장

세상을 알고 싶은
당신에게

— 연지원

날마다 글을 쓰고 문학 고전을 중심으로 인문정신을

강의한다. 카프카의 '지적 감수성'을 좋아하고

카잔자키스의 '삶을 구원하는 글쓰기'를 추구한다. 책

읽는 삶을 제안하는 『나는 읽는 대로 만들어진다』와

리버럴 아츠의 가치를 탐구한 『교양인은 무엇을

공부하는가』를 썼다.

인문교양 시작책

『언어의 줄다리기』

신지영 지음,
21세기북스,
2018

　　언어는 인문학의 근간이다. 자기 의중을 적확히 포착하는 단어를 찾거나 표현을 고심하는 과정에서 언어 감각이 함양된다. 언어가 문화와 사회를 반영함을 고려해 언어 속 이념을 헤아리려는 노력도 중요하다.

　　2017년 말, 이국종 교수는 문재인 대통령과의 대화 중에 각하라는 호칭을 두 번 썼다. '각하'라는 단어에는 국민을 주권자라 생각하지 않는 신분제 사회의 이념이 숨어있다. 언어에 숨긴 이데올로기를 곧잘 간파하는 저자는 이국종 교수의 사례를 세심하게 분석한다. 어떤 언어를 쓰느냐는 곧 이념의 줄다리기다. 저자는 말한다, 이 줄다리기 경기를 들여다보면 우리 사회가 보인다고.

함께 읽으면 좋은 책

『선량한 차별주의자』 김지혜 지음, 창비, 2019

『세상을 바꾸는 언어』 양정철 지음, 메디치미디어, 2018

『단어 탐정』 존 심프슨 지음, 정지현 옮김, 지식너머, 2018

『고민하는 힘』

강상중 지음,
이경덕 옮김,
사계절, 2009

　　인문학 공부의 궁극적 결실은 박식함이 아닐 것이다. 정보의 축적보다는 인간에 대한 이해와 지혜로운 시선이 인문 소양의 본질이리라. 이에 동의한다면 지식을 정리한 책보다는 우리의 관점을 넓히거나 발상의 전환을 이끄는 책이 유익하다. 중요한 물음을 던지고 사려 깊은 생각을 자극한다면 금상첨화다. 『고민하는 힘』은 바로 그런 책이다. 나는 누구인가. 돈이 세계의 전부인가. 제대로 안다는 것은 무엇일까. 왜 죽어서는 안 되는 걸까. 이 심오한 질문들을 쉬운 문체로 풀어낸다. 풍성한 논의를 위해 자주 소환되는 막스 베버와 나쓰메 소세키가 친숙해짐은 이 책을 읽는 또 하나의 즐거움이다.

함께 읽으면 좋은 책

『인생 수업』엘리자베스 퀴블러 로스·데이비드 케슬러 지음, 류시화 옮김, 이레, 2006

『팩트의 감각』바비 더피 지음, 김하현 옮김, 어크로스, 2019

『인간 본성의 법칙』로버트 그린 지음, 이지연 옮김, 위즈덤하우스, 2019

『마르케스의 서재에서』

탕누어 지음,
김태성·김영화 옮김,
글항아리, 2017

인문 소양에 관심이 있다면 자신의 독서 생활을 점검할 필요가 있다. 장인이 도구를 연마하듯이 훌륭한 독서가는 문해력을 키운다. 방법론을 다룬 책들이 피상적인 까닭은 이류들이 나서서 가르치는 경우가 많기 때문이다. 일류는 "그건 가르칠 수 있는 영역이 아니에요" 또는 "타고나야 해요"라고 말할 뿐이다. 일류는 침묵하고 이류의 가르침이 난무하니, 안타까운 일이다. 다행히 몇몇 대가들은 방법론적 지식을 선사했다(스티븐 킹은 작법서를 썼고, 탕누어는 독서론을 펼쳤다). 타이완 인문학자 탕누어의 『마르케스의 서재에서』는 지적 생활의 한 경지를 보여주는 책이다. 비범한 독서가의 생각을 들여다보는 과정 전체가 훌륭한 독서 수업이 될 것이다.

함께 읽으면 좋은 책

『다시, 책으로』 매리언 울프 지음, 전병근 옮김, 어크로스, 2019
『새로운 인생』 오르한 파묵 지음, 이난아 옮김, 민음사, 2006
『독서의 즐거움』 수잔 와이즈 바우어 지음, 이옥진 옮김, 민음사, 2020

『하버드 학생들은 더 이상 인문학을 공부하지 않는다』

파리드 자카리아 지음,
강주헌 옮김,
사회평론, 2015

학부 시절, 교양 과목을 천덕꾸러기로 여기는 친구들이 많았다. 졸업하려면 청강할 수밖에 없는 필요악으로 여겼다. 반면 전공과 적성이 맞지 않았던 나에게는 교양 수업이 구세주였다. 양측 모두 반쪽짜리 상아탑 생활이었음을, 이 책을 읽고서 깨달았다. 단순하게 구별하자면 전문성은 눈에 보이는 성취를, 교양은 눈에 보이지 않는 정신적 소양을 선사한다. 교양 교육의 수호를 위한 지성인들의 노력에도 불구하고, 교양은 곧잘 폄하되고 전문성이 더욱 중시되곤 했다. 교양의 가치를 간파한 저자는 이 시대에 필요한 지적 처방을 품격 있는 문체로 내놓았다. 삶의 질을 높이고 싶다면 전문성과 교양을 모두 보듬어야 하리라.

함께 읽으면 좋은 책

『페터 비에리의 교양 수업』 페터 비에리 지음, 문항심 옮김, 은행나무, 2018
『위대한 사상들』 윌 듀런트 지음, 김승욱 옮김, 민음사, 2018
『세인트존스의 고전 100권 공부법』 조한별 지음, 바다출판사, 2016

『사피엔스』

유발 하라리 지음,
조현욱 옮김, 이태수 감수,
김영사, 2015

확고한 문제의식과 유려한 필력이 어우러진 대서사시다. 거대한 주제와 다양한 소재를 다루면서도 길을 잃지 않는다. 거시적인 관점으로 인류의 '빅 히스토리'를 통찰하면서, 인간이란 무엇이며 역사가 어디로 향하는지 탐색한다. 무엇보다 눈부신 성취를 달성한 인간이 과연 행복해졌는가를 묻는다. 인간은 다른 종을 몰아내면서 문명을 일궈왔다. 끊임없이 무언가를 획득했지만, 성취를 행복으로 전환하진 못했다. 저자는 이처럼 인류의 무책임과 무능력을 일갈한다. 돌파구가 없을까? "낙관과 비관은 무의미하다. 현실주의자가 되어 실제로 일어나는 일들을 이해해야 한다." 삶은 선택의 연속! 역사를 이해하면 좀 더 현명한 결정을 내릴 것이다.

함께 읽으면 좋은 책

『호모 데우스』 유발 하라리 지음, 김명주 옮김, 김영사, 2017
『21세기를 위한 21가지 제언』 유발 하라리 지음, 전병근 옮김, 김영사, 2018
『빅 히스토리』 데이비드 크리스천·밥 베인 지음, 조지형 옮김, 해나무, 2013

『세계사를 바꾼 전염병 13가지』

제니퍼 라이트 지음,
이규원 옮김,
산처럼, 2020

코로나는 뜻밖의 사건이 아니었다. 역병은 문명의 흐름을 수차례 바꿔놓은 보편적인 역사였다. "이 책의 첫 번째 교훈은 역병이 사람들의 건강에만 영향을 미치지는 않는다는 것이다. 신속히 대처하지 못한다면 역병은 사회의 모든 측면에 끔찍한 파문을 일으킨다. 안토니누스 역병 이후 로마는 급속도로 악순환에 빠졌다."(35쪽) 역병은 몽골 제국의 멸망도 재촉했다. 국가적 위기에는 리더십이 절실해지지만, 예나 지금이나 역병의 무서운 실상을 숨긴 채 낙관적인 말만 쏟아내는 지도자들이 존재했다. "갑자기 새로운 역병이 발생하면 과거로부터 배웠어야 할 똑같은 잘못을 저지르고 만다."(11쪽) 누군가는 전염병의 역사를 알아야 하는 이유다. 성찰되지 못한 역사는 반복된다.

함께 읽으면 좋은 책

『슈퍼버그』 맷 매카시 지음, 김미정 옮김, 흐름출판, 2020
『바이러스 쇼크』 최강석 지음, 매일경제신문사, 2020
『흑사병의 귀환』 수잔 스콧 · 크리스토퍼 던컨 지음, 황정연 옮김, 황소자리, 2005

『박시백의 조선왕조실록』
(전 20권)

박시백 지음,
휴머니스트,
2020

야사가 아니어도 역사는 흥미진진할 수 있다. 왕조사가 유익과 재미를 함께 선사할 수 있다. 만화로도 고품격의 교양을 쌓을 수 있다. 역사와 담을 쌓아온 이들도 어느 날 문득 역사에 매료될 수 있다. 『박시백의 조선왕조실록』은 이 모든 가능성을 현실로 만들어낸 책이다. 우리도 걸출한 교양 만화를 가졌다는 사실에 한동안 실없이 웃음 짓곤 했는데, 한 나라의 역사 교양이 이렇게 도약하는구나 생각했기 때문이다. 조선을 다룬 교양서는 넘쳐난다. 그중에서도 이 책은 흡입력과 다루고 있는 시대의 광범위함에서 단연 눈에 띈다. 지적인 만화와 걸출한 그래픽 노블이 자주 등장하는 시대이니, 만화라는 이유만으로 얕보는 분들은 없으시겠지.

함께 읽으면 좋은 책

『10가지 키워드로 읽는 시민을 위한 조선사』 임자헌 지음, 메디치미디어, 2019

『사일구』 민주화운동기념사업회 기획, 윤태호 만화, 창비, 2020

『박태균의 이슈 한국사』 박태균 지음, 창비, 2015

『스티븐 프라이의 그리스 신화』

스티븐 프라이 지음,
이영아 옮김,
현암사, 2019

신화는 어떻게 탄생했을까? "세계 곳곳에 살던 초기 인간들은 계절의 순환, 밤하늘에 떠 있는 천체들의 행렬, 날마다 해가 뜨는 기적을 찬양하고 공경했다. 그러면서 그 모든 것이 어떻게 시작되었을까 하는 의문을 품었다. 수많은 문명의 집단 무의식이 분노한 신들, 죽어가고 부활하는 신들, 풍요의 신들, 불과 흙과 물의 정령들과 괴물들에 얽힌 이야기를 지어냈다."(12쪽) 그리스 신화의 세계에 첫발을 들이는 독자라면, 두 가지 이유를 들며 이 책을 권하겠다. 첫째, 신화에 숨은 교훈과 심리학적 통찰을 설명하는 대신 신화 본연의 이야기에 집중했다. 둘째, (신명, 지명 등 고유명사에 친숙해지고 나면) 그 이야기에 담긴, 인간의 본질을 꿰뚫는 통찰을 흥미진진하게 느낄 수 있다.

함께 읽으면 좋은 책

『신화의 역사』 카렌 암스트롱 지음, 이다희 옮김, 이윤기 감수, 문학동네, 2005
『최초의 신화 길가메쉬 서사시』 김산해 지음, 휴머니스트, 2020
『우리가 정말 알아야 할 우리 신화』 서정오 지음, 현암사, 2003

『지리의 힘』

팀 마샬 지음,
김미선 옮김,
사이, 2016

　수년 전, 인문학 강좌에 참가한 어른 학생들에게 우리나라 백지도 한 장씩을 전했다. 당신들의 거주지는 수월하게 찾아 '서울'이라고 썼지만, 문제는 이후부터였다. 충청남북도를 헷갈렸고, 주요 도시를 찾지 못했다. 부산, 광주, 울산을 제대로 기재한 이는 20퍼센트에 불과했다. 여느 사람들이 가진 지리 교양의 현실을 체험한 날이었다. 『지리의 힘』은 고금의 역사적 사건을 일목요연하게 서술하면서, 지리적 요인이 국가의 흥망성쇠에 어떤 영향을 미치는지 보여준다. 중국은 왜 티베트에 매달리는지, 지리적 요인이 어떻게 미국의 부를 이끌었는지, 우리나라는 왜 강대국들의 '경유지 역할'을 해왔는지 깨닫고 나면, 세계 지도가 달리 보이리라.

함께 읽으면 좋은 책

『공간 혁명』 세라 W. 골드헤이건 지음, 윤제원 옮김, 다산사이언스, 2019
『왜 지금 지리학인가』 하름 데 블레이 지음, 유나영 옮김, 사회평론, 2015
『조선의 유토피아 십승지를 걷다』 남민 지음, 믹스커피, 2019

『영원의 철학』

올더스 헉슬리 지음,
조옥경 옮김, 오강남 해제,
김영사, 2014

제목에 놓인 '철학'부터 설명해야겠다. 학문으로서의 '철학'은 아니다. "인간이 이를 수 있는 가장 심오한 경지"를 뜻한다. '영원의 철학'은 독일 철학자 라이프니츠가 처음 사용한 용어로, 인류가 쌓아온 경전의 심층부끼리 연결되는 공통 요소를 말한다. 요컨대 종교 경전들이 한목소리로 말하는 지혜의 정수다. 헉슬리는 영적인 지식과 체험을 모두 갖춘 이들의 '영원의 철학'을 선별해서 27개의 카테고리로 분류하고 정리했다. 독자들을 위대한 가르침으로 이끄는 현대의 고전 하나는 이렇게 탄생했다. 삶을 사랑하는 이들에게는 "우리가 누구인가를 깨닫게 해주고 변화를 얻어 참된 자유를 누리도록 하는"(12쪽) 영원의 철학이 필요하다.

함께 읽으면 좋은 책

『신화와 인생』 조지프 캠벨 지음, 다이앤 K. 오스본 엮음, 박중서 옮김, 갈라파고스, 2009
『삶으로 다시 떠오르기』 에크하르트 톨레 지음, 류시화 옮김, 연금술사, 2013
『무경계』 켄 윌버 지음, 김철수 옮김, 정신세계사, 2012

책을 읽기 시작한
당신에게
_연지원

인문교양서란 구체적으로 어떤 책을 말하는 걸까? '시작책'을 선정하기에 앞서 이 질문부터 숙고했습니다. 소설, 과학, 심리학 등의 카테고리와는 달리 '인문교양'이 다루는 영역은 폭넓으니까요. 인문학이라고 하면 많은 분들이 '문사철'부터 떠올리시겠지만, 이 책에서는 철학과 문학 시작책을 별도로 선정하여 소개했습니다. 참, 서점들이 인문교양 서가를 문학, 역사, 철학과는 별개로 운영하는 모습을 생각하시면 되겠군요. 인문교양 서가에는 느끼고 생각하는 힘을 키워주는 책들, '문사철'의 카테고리에 적확히 포함되지 않은 인문학 전반을 다룬 책들, 인문학의 여러 학제를 넘나드는 책들, 인문학의 고전이나 입문서들이 꽂혀있겠지요.

여기서 잠깐, 교양이란 무엇일까요? 사람이라면 갖춰

야 할 품위나 사람과 사람 사이에 지켜야 할 매너 정도로
생각하는 경우가 많지만, 사실 교양은 각 학문의 기초적
인 지식이나 합리적인 사고력에 가까운 개념입니다. 이러
한 개념을 좇아, 인문교양 챕터에서는 인문학을 이루는
주요한 학문들, 이를테면 역사, 언어, 문화, 종교, 신화, 지
리학 등 6개 분야에서 가독성이 높으면서도 탄탄한 지성
으로 쓰인 책들을 골랐습니다. 문학과 철학을 제외한 인
문학의 교양서들! 이것이 이번 챕터에서 말하는 인문교양
서입니다.

성실한 서평가의 마음으로 10권의 책을 골랐습니다.
서평가의 개성은 문체나 글의 내용에 앞서 추천한 책의
목록에서부터 드러나기 마련입니다. 책들의 면면을 확인
하면서 그 책이 어떤 학문에 속하는지 살펴주시기 바랍

니다(앞서 말한 6개의 학문 명칭을 참고하면 어렵지 않게 파악
하실 테죠). 학문의 목록 자체만으로도 인문교양이 무엇이
고, 무엇이어야 하는지 드러내고 싶었거든요. 『언어의 줄
다리기』나 『지리의 힘』을 읽으면서 '학문들'의 가치와 유
용함을 체험하시면 좋겠습니다. 얼핏 보면 우리네 삶과 동
떨어져 보이는 학문도 사실은 세계와 인생을 내다보는 크
고 맑은 창문이잖아요. 개별 학문의 가치를 매혹적으로
보여주는 일! 이것이 제가 생각하는 교양서의 궁극적인
존재 이유랍니다.

― 강양구

〈프레시안〉에서 과학·환경 담당 기자로 일했고, 부안
사태, 대한 적십자사 혈액 비리, 황우석 사태 등에 대한
기사를 썼다. 현재 과학 전문 기자이자 지식 큐레이터로
다양한 매체에서 활동하고 있다. 저서로는 『세 바퀴로
가는 과학자전거』, 『아톰의 시대에서 코난의 시대로』
등이 있다.

과학 시작책

『마인드웨어』

리처드 니스벳 지음,
이창신 옮김,
김영사, 2016

과학적으로 생각한다는 것은 어떤 의미일까? 그것은 감정보다는 이성을 따르고, 머릿속에 똬리를 틀면서 사사건건 나의 판단에 영향을 미치는 온갖 편견으로부터 자유로워지는 것을 말한다. 그렇게 하려면 훈련이 필요하다. 심리학계의 '구루' 리처드 니스벳 자신도 열심히 연습한 그 도구를 이 책을 통해 우리에게 소개한다.

함께 읽으면 좋은 책

『팩트풀니스』 한스 로슬링 외 지음, 이창신 옮김, 김영사, 2019

『넛지』 리처드 탈러·캐스 선스타인 지음, 안진환 옮김, 리더스북, 2018

『생각에 관한 생각』 찰스 로버트 다윈 지음, 장대익 옮김, 다윈 포럼 기획, 최재천 감수, 사이언스북스, 2019

『너무 더운 지구』

데이브 리 지음,
이한중 옮김,
바다출판사, 2017

　　지구온난화는 무엇일까? 기후변화는 세상을 어떻게 바꿀까? 인류는 기후변화를 막을 수 있을까? 그런 기후변화를 막으려면 우리는 구체적으로 어떤 실천을 해야 할까? 이런 질문에 답하고자 책을 딱 한 권만 읽어야 한다면, 가장 좋은 책이다. 특히 미국의 평범한 중산층 가족이 기후변화를 막고자 어떤 실천에 나서는지 살펴본 대목은 우리도 따라 실천해볼 만하다.

함께 읽으면 좋은 책

『파란하늘 빨간지구』 조천호 지음, 동아시아, 2019
『인류는 어떻게 기후에 영향을 미치게 되었는가』 윌리엄 F. 러디먼 지음, 김홍옥 옮김, 에코리브르, 2017
『이것이 모든 것을 바꾼다』 나오미 클라인 지음, 이순희 옮김, 열린책들, 2016

『인수공통
모든 전염병의 열쇠』

데이비드 콰먼 지음,
강병철 옮김,
꿈꿀자유, 2020

20세기말 지구를 덮쳤던 에이즈, 2003년 사스, 2009년 신종 인플루엔자(신종 플루), 2015년 메르스, 2020년 코로나19. 21세기에 들어서 거의 5~6년 주기로 인류를 위협하고 있는 신종 바이러스의 공통점은 모두 인수공통 전염병이라는 것이다. 오랫동안 야생동물과 공생했던 바이러스가 왜 인간을 공격하게 되었을까? 마치 한 편의 공포 소설을 읽는 듯 그 이유를 추적해나간다. 코로나 시대의 필독서다.

함께 읽으면 좋은 책

『조류독감』 마이크 데이비스 지음, 정병선 옮김, 돌베개, 2008
『자연의 역습, 환경전염병』 마크 제롬 월터스 지음, 이한음 옮김, 책세상, 2008
『면역에 관하여』 율라 비스 지음, 김명남 옮김, 열린책들, 2016

『날마다 천체 물리』

닐 디그래스 타이슨 지음,
홍승수 옮김,
사이언스북스, 2018

　『코스모스』의 칼 세이건에게 우주를 연구하는 과학자가 꿈이라고 말했던 소년. 그 소년이 현재 미국에서 제일 유명한 우주 과학자 닐 디그래스 타이슨이다. 타이슨이 우주의 비밀을 파헤치며 과학의 최전선에서 지금 일어나는 일을 요령 있게 정리했다. 칼 세이건의 『코스모스』보다 먼저 읽어도, 나중에 읽어도 좋은 책이다.

함께 읽으면 좋은 책

『코스모스』 칼 세이건 지음, 홍승수 옮김, 사이언스북스, 2006

『코스모스』 앤 드루얀 지음, 김명남 옮김, 사이언스북스, 2020

『모든 사람을 위한 빅뱅 우주론 강의』 이석영 지음, 사이언스북스, 2017

『세 바퀴로 가는 과학자전거』

강양구 지음,
뿌리와이파리,
2006

과학기술과 현대사회가 서로 어떻게 영향을 주고받는지, 다양한 사례를 통해서 이해할 수 있도록 안내한다. 냉장고는 왜 윙윙거리는 소리가 나게 되었을까? 자전거 앞바퀴가 작아진 이유는? 같은 질문에 답하다 보면 자연스럽게 과학기술을 다르게 보는 시각을 가지게 된다. 이 책에 실린 글 몇 편은 다양한 중학교, 고등학교 교과서에 실릴 정도로 필독서가 되었다.

함께 읽으면 좋은 책

『세 바퀴로 가는 과학자전거 2』 강양구 지음, 뿌리와이파리, 2014
『수상한 질문, 위험한 생각들』 강양구 지음, 북트리거, 2019
『과학의 품격』 강양구 지음, 사이언스북스, 2019

『야누스의 과학』

김명진 지음,
사계절,
2008

핵발전소, 생명공학, 인공지능(컴퓨터), 인터넷 등 우리 시대의 뼈대가 된 과학기술은 도대체 누가, 어떤 목적으로, 어떠한 과정을 거쳐서 만들었을까? 우리 시대 과학기술의 기원을 추적하다 보면, 뜻밖에도 그곳에는 '인간'은 없고 '전쟁(무기)'과 '자본(돈)'이 있다. 국내 최고의 과학기술 비평가이자 과학기술 사학자 김명진이 들려주는 과학기술 이야기에 빠져보자.

함께 읽으면 좋은 책

『할리우드 사이언스』 김명진 지음, 사이언스북스, 2013

『20세기 기술의 문화사』 김명진 지음, 궁리, 2018

『세상을 바꾼 기술, 기술을 만든 사회』 김명진 지음, 궁리, 2019

『한 치의 의심도 없는 진화 이야기』

션 B. 캐럴 지음,
김명주 옮김,
지호, 2008

이렇게 다양한 생명의 향연을 가능하게 한 '진화'. 『한 치의 의심도 없는 진화 이야기』는 찰스 다윈의 『종의 기원』 이후 축적된, 진화를 둘러싼 현대 생명과학의 성과를 요령 있게 정리한 책이다. 이 책의 저자는 "오늘날 지구상의 모든 과학자 가운데서 찰스 다윈이 하룻저녁을 함께 보내고 싶어 할 사람을 딱 한 사람만 고른다면 단연 션 캐럴일 것이다"라고 평가받는 생명과학자다.

함께 읽으면 좋은 책

『진화: 모든 것을 설명하는 생명의 언어』 칼 짐머 지음, 이창희 옮김, 웅진지식하우스, 2018

『다윈의 식탁』 장대익 지음, 바다출판사, 2015

『종의 기원』 찰스 로버트 다윈 지음, 장대익 옮김, 다윈 포럼 기획, 최재천 감수, 사이언스북스, 2019

『게놈 익스프레스』

조진호 지음,
김우재 감수,
위즈덤하우스, 2016

21세기 과학을 말할 때, 빼놓을 수 없는 열쇠말 '유전자'. 이 책은 유전자의 실체를 찾아가는 과학자의 치열한 여정을 국내의 과학 분야 전문 저자가 쓰고 그린 걸작이다. 이 책을 읽고 나면 알쏭달쏭한 유전자의 개념과 '유전 과학'의 밑그림을 그릴 수 있을 뿐만 아니라, 현대 생명과학의 최전선을 본격적으로 탐험할 준비를 할 수 있게 된다.

함께 읽으면 좋은 책

『송기원의 포스트 게놈 시대』 송기원 지음, 사이언스북스, 2018
『이보디보, 생명의 블랙박스를 열다』 션 B. 캐럴 지음, 김명남 옮김, 지호, 2007
『급진과학으로 본 유전자, 세포, 뇌』 스티븐 로즈 · 힐러리 로즈 지음, 김동광 · 김명진 옮김, 바다출판사, 2015

『화학이란 무엇인가』

피터 앳킨스 지음,
전병옥 옮김,
사이언스북스, 2019

인류가 문명을 유지하는 데에 화학과 관계없는 것이 하나도 없다. 하지만 화학 하면 고등학교 때 접한 '주기율표' 외에는 떠오르는 것이 없고, 지겹고 어려운 과목이었다는 인상만 가득하다. 이 책은 화학이 얼마나 쓸모 있는 과학인지를 친절하게 설명한다. 이 책을 읽고 나면 틀림없이 화학을 좀 더 알고 싶어질 것이다.

함께 읽으면 좋은 책

『역사를 바꾼 17가지 화학 이야기』(전 2권) 페니 르 쿠터·제이 버레슨 지음, 곽주영 옮김, 사이언스북스, 2007

『사라진 스푼』 샘 킨 지음, 이충호 옮김, 해나무, 2011

『세상물정의 물리학』

김범준 지음,
동아시아,
2015

복잡한 인간 세상을 과학의 눈으로 바라볼 수 있을까? '통계 물리학'은 바로 이런 야심을 드러내 보이며 급성장하는 연구 분야 가운데 하나다. 프로야구 대진표는 어떻게 만들어야 합리적일까? 꽉꽉 막히는 교통 정체의 비밀은? 과학으로 주식시장을 예측할 수 있을까? 이런 세상물정에 답하는 물리학의 세계에 빠져보자.

함께 읽으면 좋은 책

『관계의 과학』 김범준 지음, 동아시아, 2019

『사회적 원자』 마크 뷰캐넌 지음, 김희봉 옮김, 사이언스북스, 2010

『링크』 앨버트 라슬로 바라바시 지음, 강병남·김기훈 옮김, 동아시아, 2002

책을 읽기 시작한
당신에게

_강양구

많은 사람이 착각하는 것이 있다. 과학은 보통 사람과는 관계가 없는, 과학자들이 하는 특별한 일이라는 편견이다. 그래서 과학뿐만 아니라 과학책까지도 보통 사람은 쉽게 다가갈 수 없는 것이라 여기는 경향이 있다.

천만의 말씀이다. 과학 역시 사람이 하는 일이다. 그렇기에 과학·기술에는 인류 역사 속에 켜켜이 쌓인 정치, 경제, 사회, 문화와 같은 다양한 사람살이의 흔적이 깊게 새겨져 있다. 더구나 과학·기술이 우리의 삶과 무관하지 않다 보니, 그것이 정치, 경제, 사회, 문화에 미치는 영향도 적지 않다.

여기서 소개하는 몇 권의 과학 시작책을 읽다 보면, 과학·기술이 삶과 주고받는 역동적인 상호작용을 자연스레 파악할 수 있을 것이다.

— 김동국

서울대학교 미학과 대학원에서 가다머의 해석학에 관한 연구로 석사 학위를 받았다. 현재는 니체를 연구하며 대학 및 인문학 아카데미에서 철학을 가르치고 있다. 지은 책으로는『아무도 위하지 않는, 그러나 모두를 위한 니체』,『철학 이야기』(공저) 등이 있다.

철학 시작책

『나는 이 질문이 불편하다』

안광복 지음,
어크로스,
2019

몸을 단련하는 것이 운동이라면, 정신을 단련하는 것은 무엇일까? 그것은 바로 질문이다. 저자는 낯설고도 도발적인 22개의 물음을 던진다. 이 질문들은 우리를 익숙하고 습관적인 삶에서 벗어나게 하고, 새로운 길을 찾도록 도와줄 것이다.

함께 읽으면 좋은 책

『내가 왜 계속 살아야 합니까』 윌 듀런트 지음, 신소희 옮김, 유유, 2020

『심장이 쿵하는 철학자의 말』 세계 대철학자 37인 원저, 알투스 편집부 편저, 알투스, 2016

『밤에 읽는 소심한 철학책』 민이언 지음, 쌤앤파커스, 2016

『인간은 언제부터 지루해했을까?』

고쿠분 고이치로 지음,
최재혁 옮김,
한권의책, 2014

인간은 왜 지루함을 느낄까? 너무나 뻔한 질문 같지만, 개운하게 대답하기는 쉽지 않다. 저자는 자신이 가진 한가함을 어떻게 사용해야 할지 모르는 현대인들이 한가함을 지루함으로 여긴다고 말한다. 그 지루함을 견디지 못해, 쾌락에 돈과 시간과 에너지를 다 바치면서도 결국 소외된 채로 남아있는 모습이 오늘날 현대인의 모습이다. 이 책은 솔깃한 질문만 던져놓고, 난해한 철학적 용어들의 숲으로 도망쳐버리는 책이 아니다. 생각을 끈을 차분히 따라가는 과정에서 철학의 재미를 제대로 느낄 수 있게 돕는 책이다.

함께 읽으면 좋은 책

『돈으로 살 수 없는 것들』 마이클 샌델 지음, 김선욱 감수, 안기순 옮김, 와이즈베리, 2012
『아름다움의 구원』 한병철 지음, 이재영 옮김, 문학과지성사, 2016
『철학자의 식탁』 노르망 바야르종 지음, 양영란 옮김, 갈라파고스, 2020

『스타벅스에서 철학 한 잔』

함께성장인문학연구원 지음,
달의뒤편,
2019

신나는 직장 생활을 위한 42가지 철학 처방전. 누구에게도 털어놓기 어려운 직장 생활의 고민을 철학으로 풀어보는 책이다. 당장이라도 사표를 내고 싶은 것이 직장인들의 하루하루. 도대체 직장 생활은 왜 어렵게만 느껴질까? 이 힘겨운 악순환을 끊는 방법은 없을까? 『스타벅스에서 철학 한 잔』이 그 해답을 알려줄 것이다.

함께 읽으면 좋은 책

『니체 씨의 발칙한 출근길』 이호건 지음, 아템포, 2015

『을의 철학』 송수진 지음, 한빛비즈, 2019

『나를 지키며 일하는 법』 강상중 지음, 노수경 옮김, 사계절, 2017

『로봇도
사랑을 할까』

로랑 알렉상드르·
장 미셸 베스니에 지음,
양영란 옮김, 갈라파고스,
2018

기술을 이용해 신체적, 지적 역량이 향상된 증강 인류가 탄생한다면? 유전자 조작을 통해 우수하고 똑똑한 아이들이 만들어지게 된다면 우생학의 유령이 다시 나타나지 않을까? 인간이 천 살까지 살 수 있게 된다면 과연 행복하기만 할까? 로봇이 인간처럼 행동하게 된다면 우리는 로봇과도 사랑에 빠질까? 트랜스휴머니즘, 다가올 미래에 우리가 고민해야 할 12가지 질문들을 담았다.

함께 읽으면 좋은 책

『속도에서 깊이로』 윌리엄 파워스 지음, 임현경 옮김, 21세기북스, 2019
『데이터를 철학하다』 장석권 지음, 흐름출판, 2018
『강한 인공지능과 인간』 김진석 지음, 글항아리, 2019

『동물 해방』

피터 싱어 지음,
김성한 옮김,
연암서가, 2012

　　문제 제기는 도발적이지만, 그의 논증은 성실하고 설득력 있다. 지구에서 더불어 살아가야 할 동물에 대해 어떻게 생각할 것인가. 종차별주의의 편견에서 벗어나 가장 근본적인 윤리와 이성의 힘으로 동물을 바라보고 그들과 인간의 관계를 새롭게 정립하기 위해 반드시 읽어야 할 책이다.

함께 읽으면 좋은 책

『인류세와 에코바디』 몸문화연구소 지음, 필로소픽, 2019

『에코페미니즘』 마리아 미스·반다나 시바 지음, 손덕수·이난아 옮김, 창비, 2020

『동물 윤리 대논쟁』 최훈 지음, 사월의책, 2019

『관계』

The School Of Life 지음,
구미화 옮김,
와이즈베리, 2017

사랑을 말할 때 우리는 흔히 낭만적 애정을 강조한다. 그러나 이 책은 사랑이 노력을 들여 배워야 할 기술이라고 말한다. 부부 관계를 둘러싼 사소하지만 중요한 이슈, 말다툼에서부터 잠자리, 용서, 대화법에 이르기까지. 성공적인 사랑은 순수한 감정과 운으로만 결정되는 문제가 아님을 이야기한다.

함께 읽으면 좋은 책

『동무와 연인』 김영민 지음, 한겨레출판, 2008
『톨스토이 인생론』 레프 톨스토이 지음, 이길주 옮김, 책만드는집, 2016
『사도 바울』 알랭 바디우 지음, 현성환 옮김, 새물결, 2008

『마음의 과학』

스티븐 핑커 지음,
존 브록만 엮음, 이한음 옮김,
와이즈베리, 2012

학문의 벽을 허물고 새로운 통섭의 지식을 추구하는 엣지 재단이 그동안 논의된 첨단 지식 분야의 모든 논의와 대담을 집대성하여 엮은 '베스트 오브 엣지 시리즈'의 첫 번째 책이다. 추상적으로만 이해되는 '정신'을 넘어, 인간의 정신과 마음을 진정 어떻게 이해해야 할까. 이 책을 통해 인간 이해를 위한 최신 이론을 만날 수 있다.

함께 읽으면 좋은 책

『일상적이지만 절대적인 과학철학지식 50』 개러스 사우스웰 지음, 김지원 옮김, 반니, 2016

『브뤼노 라투르의 과학인문학 편지』 브뤼노 라투르 지음, 이세진 옮김, 김환석 감수, 사월의책, 2012

『사고실험』 조엘 레비 지음, 전현우 옮김, 이김, 2019

『푸코, 바르트, 레비스트로스, 라캉 쉽게 읽기』

우치다 타츠루 지음,
이경덕 옮김,
갈라파고스, 2010

뻔한 결론의 쉬운 내용을 어렵게 말하는 책이 있다. 이런 책은 나쁜 책이다. 어려운 내용을 어렵게 말하는 책도 있다. 나쁜 책은 아니지만 전공자가 아니라면 좀처럼 손이 가지 않는다. 대부분의 철학책이 그렇다. 하지만 어려운 내용을 쉽게 말하는 책이 있다면 어떨까? 우치다 타츠루의 이 책은 20세기 프랑스 철학의 큰 흐름이었던 구조주의를 쉽지만 분명히 이해할 수 있게 돕는다.

함께 읽으면 좋은 책

『한나 아렌트의 정치 강의』 이진우 지음, 휴머니스트, 2019

『비참한 날엔 스피노자』 발타자르 토마스 지음, 이지영 옮김, 자음과모음, 2018

『니체 극장』 고명섭 지음, 김영사, 2012

『철학 콘서트 1』

황광우 지음,
생각정원,
2017

　『철학 콘서트 1』의 저자 황광우는 철학이 '세계를 사로잡는 기획'이라 말한다. 서양의 철학이 세계를 이해하는 보편적 지식을 준다면, 동양의 철학은 삶의 아름다운 지혜를 준다. 동서양을 막론하고 인류가 자랑하는 사상가 10인의 삶과 고전을 담고 있다. 이 책을 읽다 보면 세상을 향해 의미 있는 질문을 던질 수 있을 것이다.

함께 읽으면 좋은 책

『철학카페에서 문학읽기』 김용규 지음, 웅진지식하우스, 2006
『과학자의 철학 노트』 곽영직 지음, Mid, 2018
『철학의 고전들』 서정욱 지음, 함께읽는책, 2009

『서양철학사』

군나르 시르베크·
닐스 길리에 지음,
윤형식 옮김, 이학사, 2016

노르웨이를 대표하는 철학자 군나르 시르베크와 닐스 길리에가 쓴 철학사 입문서. 방대한 서양철학사의 흐름을 한눈에 볼 수 있다. 고대에서 중세, 근대를 거쳐 현대에 이르기까지 서양철학사를 수놓은 철학자들의 주요 사상과 배경, 맥락, 핵심 개념 등을 충실히 설명한 책이다.

함께 읽으면 좋은 책

『러셀 서양철학사』 버트런드 러셀 지음, 서상복 옮김, 을유문화사, 2019
『한 줄로 시작하는 서양철학』 신현승·전무규 지음, 책찌, 2020
『미치게 친절한 철학』 안상헌 지음, 행성B, 2019

책을 읽기 시작한 당신에게

_김동국

우리는 책 속에서 세계를 여행한다. 하나의 책에서 여행을 시작하고 그 여행의 끝에서 다시 우리를 기다리는 미지의 책을 만나게 된다. 무한한 책의 세계를 향한 끝없는 여행은 그렇게 영원히 끝나지 않는다. 그러니 우리는 이 긴 여정의 종착역에 대해서는 감히 말할 수 없다. 그러나 마지막이 아니라 시작에 대해서는 조심스레 말할 수 있지 않을까. 누군가에게 책을 권한다는 것은 쉬운 일이 아니다. 그러면서도 여기 '시작책'이라는 이름으로 몇 권의 책을 권하는 것은 어쩌면 이제 막 그 여행을 시작한 이들에 대한 부러움 때문일 것이다. 그들을 기다리고 있을 가슴 뛰는 순간들과 수많은 시행착오들 모두가 그저 부러울 뿐이다. 몇 권의 책을 추천하며, 멀리서나마 그 여행에 함께하고 싶다.

3장 | **충만한 삶이 필요한**
당신에게

— **연지원**

날마다 글을 쓰고 문학 고전을 중심으로 인문정신을
강의한다. 카프카의 '지적 감수성'을 좋아하고
카잔자키스의 '삶을 구원하는 글쓰기'를 추구한다. 책
읽는 삶을 제안하는 『나는 읽는 대로 만들어진다』와
리버럴 아츠의 가치를 탐구한 『교양인은 무엇을
공부하는가』를 썼다.

자기경영 시작책

『식사에 대한 생각』

비 윌슨 지음,
김하현 옮김,
어크로스, 2020

자기경영에 관심을 가졌다면 또는 서른을 훌쩍 넘겼다면 식습관을 점검하자. 식생활은 전문성과는 별개의 문제로(의사나 검사가 가공육과 탄산음료를 즐기기도 한다) 신뢰할 만한 '자기경영의 지표'다. 건강한 식생활은 무분별한 식욕을 이겨내고 정확한 지식과 꾸준한 실천이 어우러져야 다다르는 고지이기 때문이다.

나는 한때 씨 없는 청포도를 즐겨 먹었다. 비쌌지만 달콤했고 먹기에도 편했다. 문제는 달콤한 맛을 내기 위해 개량된 씨 없는 청포도엔 식물 영양소가 거의 없다는 사실이다. "삶은 점점 나아지고 있지만, 식단은 점점 나빠지고 있다."(11쪽) 무엇을 어떻게 먹을까? 역사가이자 푸드 칼럼니스트인 비 윌슨이 도와줄 것이다.

함께 읽으면 좋은 책

『몸과 영혼의 에너지 발전소』 짐 로허·토니 슈워츠 지음, 유영만·송경근 옮김, 한언출판
사, 2004

『식습관의 인문학』 비 윌슨 지음, 이충호 옮김, 문학동네, 2017

『무엇을 먹을 것인가』 콜린 캠벨·토마스 캠벨 지음, 유자화 옮김, 이의철 감수, 열린과학,
2012

『어떻게
나답게 살 것인가』

에밀리 에스파하니 스미스
지음,
김경영 옮김, RHK, 2019

　　행복을 좇는 사람이 도리어 불행해졌다는 연구 결과를 접한 저자는 위대한 인물들과 긍정심리학을 탐구하기 시작했다. 역사적 위인들은 의미 있는 삶을 살았다는 사실에 착안한 그녀는 무엇이 우리에게 의미를 안기는지 연구했다. 행복이 아니라면 무엇을 추구해야 한단 말인가? 그녀의 답변은 명쾌하다. 유대감, 목적, 스토리텔링, 초월! 질문으로 전환하면 이렇다. 지금 곁에 있는 사람에게 집중하는가, 당신만의 일을 찾았는가, 공감과 이야기의 힘을 체험했는가, 한계를 뛰어넘는 기쁨을 맛보았는가. 삶의 의미와 방향을 모색하는 중이라면, 이 물음들을 품고 책에 담긴 사례와 연구 결과를 살펴보라. 질문, 지식, 사유가 어우러지는 독서라면 길을 발견할 것이다.

함께 읽으면 좋은 책

『진정한 나로 살아갈 용기』 브레네 브라운 지음, 이은경 옮김, 북라이프, 2018
『드라이브』 다니엘 핑크 지음, 김주환 옮김, 청림출판, 2011
『삶이 내게 말을 걸어올 때』 파커 J. 파머 지음, 홍윤주 옮김, 한문화, 2019

『최고의 변화는
어디서 시작되는가』

벤저민 하디 지음,
김미정 옮김,
비즈니스북스, 2018

책의 주장은 간단하다. 아둔한 이들은 해왔던 방식대로 노력하고, 똑똑한 이들은 환경을 바꾼다. 저자가 말하는 환경이란 "물리적인 주변 상황, 당신이 관계를 맺기로 선택한 사람들, 받아들인 정보, 섭취한 음식, 듣는 음악 등을 가리킨다." 나는 과거의 환경에 둘러싸인 채로 의지를 다지며 노력하는 사람이었다. 의지력이 빈약한 데다가 사람들과의 교류가 미치는 영향을 간과해서인지 만족스러운 결실을 거두지 못했다. 익숙한 환경에 둘러싸인 채로 삶을 바꾸기는 힘들었다. "우리는 가장 많이 어울리는 다섯 사람의 평균이 된다." 저자가 전한 이 말을 차분히 곱씹어보라. 타당하다고 생각한다면, 의지력에 기대지 말고 환경부터 바꿔라.

함께 읽으면 좋은 책

『해빗』 웬디 우드 지음, 김윤재 옮김, 다산북스, 2019
『스위치』 칩 히스·댄 히스 지음, 안진환 옮김, 웅진지식하우스, 2010
『블랙 스완』 나심 니콜라스 탈레브 지음, 차익종·김현구 옮김, 동녘사이언스, 2018

『행복은 어떻게
설계되는가』

폴 돌런 지음,
이영아 옮김,
와이즈베리, 2015

희미한 방향이라도 감지했다면 길을 나설 때다. 양식은 길 위에서 구하자. 미리 챙겨봐야 며칠분만 준비할 수 있을 뿐이다. 목구멍이 포도청이니 몸의 양식은 어떻게든 구할 것이다. 관건은 마음의 양식이다. 인생길에서 만나는 갖가지 문제를 헤쳐나가도록 돕는 내면의 힘 말이다.

행복이야말로 훌륭한 양식이다. 행복은 그 자체로도 소중하지만, 자기경영의 차원에서도 중요하다. 우리의 시야를 확장하고 창의력을 드높여 삶의 과업을 잘 수행하도록 돕기 때문이다. 삶의 불운과 고통을 완전히 제거할 순 없지만, 조금 더 행복해질 가능성은 언제나 존재한다.

길을 걸을 에너지가 충분한가? 고개가 갸웃거린다면 폴 돌런의 방법론을 참고하시길.

함께 읽으면 좋은 책

『행복의 가설』 조너선 헤이트 지음, 문용린 감수, 권오열 옮김, 물푸레, 2010

『내 안의 긍정을 춤추게 하라』 바버라 프레드릭슨 지음, 우문식·최소영 옮김, 물푸레, 2015

『긍정의 배신』 바버라 에런라이크 지음, 전미영 옮김, 부키, 2011

『그릿』

앤절라 더크워스 지음,
김미정 옮김,
비즈니스북스, 2019

환경이 그토록 중요하다면 노력은 무용한가? 그럴 수도 있다. 주위를 둘러보라. 결과에 영향을 주지 않는 방식으로 끈기 있게 노력하는 사람들이 떠오를 것이다. 어떤 노력은 들이는 투자에 비해 결실이 너무 적다. 뿌듯한 성취감은 논외로 두자. 우리는 심리적인 기쁨이 아니라 실제적인 삶의 개선을 논하는 중이니까. 반면 어떤 노력은 위대한 성취를 창조한다. 차이는 노력의 '질'이다. 결과에 긍정적인 영향을 미치는 '질적으로 다른 연습'을 설계할 수 있다면, 노력은 성공, 전문성, 인간관계, 삶의 질에 영향을 미치는 결정적인 요소가 된다. 노력의 질을 드높이기 위해 한 권의 책을 읽는다면, 나의 선택은 『그릿』이다.

함께 읽으면 좋은 책

『재능은 어떻게 단련되는가?』 제프 콜빈 지음, 김정희 옮김, 부키, 2010

『재능을 단련시키는 52가지 방법』 대니얼 코일 지음, 이지민 옮김, 신밧드프레스, 2016

『아웃라이어』 말콤 글래드웰 지음, 노정태 옮김, 최인철 감수, 김영사, 2019

『자신 있게 결정하라』

칩 히스·댄 히스 지음,
안진환 옮김,
웅진지식하우스, 2013

산 아래 위치한 우리 집에서는 하늘을 나는 새를 자주 목격한다. 두 날개로 유유히 비상하는 새들을 보고 있자니 탁월한 결정의 비결이 연상된다. '신중한 숙고'와 '순간의 직관'은 지혜로운 결정을 위한 두 날개다. 하나의 날개로는 파닥거릴 뿐 날아오르지 못한다. 요컨대 탁월한 결정은 이성과 감정의 황금 비율에서 나온다. 인생은 크고 작은 선택으로 만들어진다. 당신은 선택의 순간에 어떻게 결정하는가? 삶의 어떤 결정은 다른 결정보다 중요할 텐데, 결정의 우선순위와 중요도는 어떻게 알 수 있을까? 이 책은 선택의 현장을 둘러싼 주제들을 지혜롭고 재치 있게 다룬다. 히스 형제는 하나의 브랜드다.

함께 읽으면 좋은 책

『통찰, 평범에서 비범으로』게리 클라인 지음, 김창준 옮김, 알키, 2015
『똑똑한 사람들의 멍청한 선택』리처드 탈러 지음, 박세연 옮김, 리더스북, 2016
『심플, 결정의 조건』도널드 설·캐슬린 M. 아이젠하트 지음, 위대선 옮김, 와이즈베리, 2016

『프로페셔널의 조건』

피터 드러커 지음, 이재규 옮김, 청림출판, 2012

자동차 엔진오일을 교환하듯이 1년에 한 번쯤은 시간 관리, 일하는 방식, 리더십, 피드백의 기술, 지식 관리 등 다양한 영역에서 자신의 노하우를 점검하자. 완전한 사람은 없다. 찾아보면 더 효과적이고 효율적인 방법이 있다는 말이다. 효율은 적은 노력으로 더 빨리 얻는 것이고, 효과는 당신이 원하는 바를 얻는 것이다. 둘 다 중요하지만, 효과성부터 따져야 한다. 불필요한 일을 효율적으로 처리하는 사람을 생각해보라.

당신은 효과적으로 일하는가? 궁금하다면 『프로페셔널의 조건』을 읽어보라. 변화한 시대상을 개설한 1부가 지루하면 3부와 4부를 먼저 읽어도 좋겠다. 어쨌든 드러커의 지식을 체험하길 바라는 마음이다. 자기경영의 통찰에서도 그는 최고니까.

함께 읽으면 좋은 책

『루틴의 힘』 댄 애리얼리 외 지음, 정지호 옮김, 부키, 2020

『무엇이 성과를 이끄는가』 닐 도쉬·린지 맥그리거 지음, 유준희·신솔잎 옮김, 생각지도, 2016

『어떻게 일할 것인가』 아툴 가완디 지음, 곽미경 옮김, 웅진지식하우스, 2018

『어떻게 원하는 것을 얻는가』

스튜어트 다이아몬드 지음,
김태훈 옮김,
에이트포인트, 2017

성취에 관한 책이 아니다. 인간관계, 신뢰 구축, 의사소통을 다룬 책이다. 자기경영서의 한 분류에는 이런 주제가 들어가야 한다. 누구나 다른 이들과 더불어 살아가야 하니까. 혼자 일할 때만 잘해낸다면 탁월한 실무자이지 리더로 성장하긴 힘들다. 위임이나 거절에 미숙하다면 탁월한 성과나 효과적인 시간 관리가 요원해진다. 함께 일하며 시너지를 창조하고 더불어 존재할 줄 아는 경지가 자기경영의 화룡점정이리라.

『어떻게 원하는 것을 얻는가』는 상대에게 공감하는 동시에 자신의 요구를 설득하는 지혜를 전수함으로써 더불어 살아갈 수밖에 없는 우리를 좀 더 나은 사회적 존재가 되도록 이끈다. 방법적 지식과 더불어 다양한 상황별 대처법도 전하는 걸출한 자기경영서다.

함께 읽으면 좋은 책

『사랑을 잘하는 사람들의 7가지 습관』 게리 채프먼 지음, 김율희 옮김, 청림출판, 2009
『깊이 있는 관계는 어떻게 만들어지는가』 칼린 플로라 지음, 강유리 옮김, 웅진지식하우
스, 2014
『고독의 위로』 앤터니 스토 지음, 이순영 옮김, 책읽는수요일, 2011

『당신의 삶에 명상이 필요할 때』

앤디 퍼디컴 지음,
안진환 옮김,
스노우폭스북스, 2020

K는 자기경영 지식을 탄탄하게 갖춘 사람이다. 시간 관리에 관한 지식은 특히 훌륭하다. 약점은 마음의 평온이 자주 깨진다는 점이다. 아내와 다투고 출근한 날이면 업무 생산성이 저하되고 일 처리가 매끄럽지 못했다. K의 마음을 어지럽히는 사람은 회사에도 존재했다. 그이와는 의사소통이 원활하지 않았으니 서로 간의 업무 협력이 힘들었다. 자기경영은 이론이 아닌 실천의 세계다. 그래서 걸출한 지식을 갖춘 K를 탁월한 자기경영자라 말하기 힘들다. 지식은 그의 마음을 제어하지 못했고, 흐트러진 마음은 일상에 영향을 미쳤다. 자기경영에 관심을 가진 이들이 내면세계를 들여다보아야 하는 이유다. 앤디 퍼디컴은 노련한 마음 안내자다.

함께 읽으면 좋은 책

『고엔카의 위빳사나 명상』 윌리엄 하트 지음, 담마코리아 옮김, 김영사, 2017

『끌어안음』 타라 브랙 지음, 추선희 옮김, 불광출판사, 2020

『놓아 버림』 데이비드 호킨스 지음, 박찬준 옮김, 판미동, 2013

『포커스』

대니얼 골먼 지음,
박세연 옮김,
리더스북, 2014

　　당신의 집중력은 안녕한가? 중요한 질문이다. "집중력
은 우리가 성취하고자 하는 거의 모든 것에 영향"을 미치
기에 그렇다. 바야흐로 집중력 상실의 시대. 주의력을
앗아가는 바이러스가 세상을 떠다닌다(2020년을 살아본
세대라면 바이러스가 얼마나 강력하고 무서운지 체험으로 안다).
집중력은 눈에 띄게 희소해졌고 그렇기에 더욱 중요한 자
산이 됐다. 디지털 기기와 SNS에 빼앗긴 집중력을 되가져
와 눈앞의 사람, 손안의 책, 마음의 화두에 돌려준다면
삶의 질이 나아질 것이다. 나는 이 책을 읽고서 일터와
일상에서 벌어지는 산만함과의 전투에서 승리하고 싶어
졌다. 이것은 고달픈 씨름이 아니다. 몰입의 희열을 만끽
하는 짜릿한 게임이다.

함께 읽으면 좋은 책

『몰입, 생각의 재발견』 위니프레드 갤러거 지음, 이한이 옮김, 오늘의책, 2010
『달리기, 몰입의 즐거움』 미하이 칙센트미하이 외 지음, 제효영 옮김, 샘터사, 2019
『클링조어의 마지막 여름』 헤르만 헤세 지음, 황승환 옮김, 민음사, 2009

책을 읽기 시작한
당신에게

_연지원

'자기경영 시작책' 열 권의 목록 자체가 '자기경영이란 무엇이고, 어디에 집중해야 하는가'에 대한 답변이기를 바랐습니다. 한 권 두 권 모인 목록이 '유기적인 전체'를 이루도록, 그리하여 자기경영의 '큰 그림'을 보여주기를 바라면서 선정했습니다.

이를테면 "건강한 식생활은 무분별한 식욕을 이겨내고 정확한 지식과 꾸준한 실천이 어우러져야 다다르는 고지"라고 생각해서 식습관을 돌아보는 책을 가장 먼저 소개했고, 노력하는 삶의 한계를 간파하는 책과 노력의 가치를 역설하는 책을 잇달아 소개하면서 자기경영의 주요한 논의를 고찰하실 수 있게 꾸몄습니다. 열 권의 책 소개를 읽으면서 책의 키워드나 주제를 찾아보시면 좋겠네요. 우리 삶이 풍요롭고 의미 있는 방향으로 흘러가도록 도울 10가지 자기경영 키워드를 제안하는 것이 '시작책'을 선정하는 기준이었거든요(첫 번째와 마지막 책의 키워드는 식습관과 집중력이었죠).

항상 행복하거나 늘 건강한 사람은 아무도 없지만, 조금 더 만족스럽고 좀 더 건강하게 사는 길은 언제나 존재합니다. 최고의 지름길은 '현명한 실천'일 테고요. 실천을 거듭 강조하고 싶기에, 독서가로서의 제 마음가짐(지향점이자 목적의식)을 적어둠으로 인사를 갈음하겠습니다.

'생각하는 독자'가 인문학을 만나면 사유의 지경을 넓히고, '실천하는 독자'가 자기경영서를 만나면 자신의 삶을 바꾼다!

— 김기대

상담심리사(한국상담심리학회, 2급)이자 변호사로서 현재

서울서부지방법원 전담조정위원으로 활동하고 있다.

서울대학교 공법학과와 서강대학교 심리학과

대학원(상담 및 임상 전공, 석사)을 졸업했다.

심리학 시작책

『인지편향사전』

이남석 지음,
이정모 감수,
옥당, 2016

현대인의 필수 교양이 된 인지심리학의 연구 성과를 실용적으로 정리했다. 합리적인 판단과 신념, 올바른 기억, 타인과 사회에 대한 공정한 이해가 개인과 사회의 치유, 번영을 이끈다. '가용성 휴리스틱'부터 시작되는 인지편향 사례를 하나씩 읽다 보면 나와 세상을 보는 눈이 밝아진다.

함께 읽으면 좋은 책

『생각에 관한 생각』 대니얼 카너먼 지음, 이창신 옮김, 김영사, 2018

『넛지』 리처드 탈러·캐스 선스타인 지음, 안진환 옮김, 리더스북, 2018

『어떻게 공부할 것인가』 헨리 뢰디거 외 지음, 김아영 옮김, 와이즈베리, 2014

『정서적 흙수저와
정서적 금수저』

최성애·조벽 지음,
해냄,
2018

애착은 개인의 행복과 건강한 성격의 뿌리이다. 생존과 경쟁에 내몰린 한국에서 영유아기 애착손상은 개인의 불행과 사회문제의 근본 원인이 된다. 이 책은 최신 애착 연구의 성과를 소개하면서 독자의 정서적 뿌리 이해를 돕고, 안정애착을 위한 부모의 역할과 애착사회를 위해 학교, 기업, 정부의 나아갈 길을 제시한다.

함께 읽으면 좋은 책

『감정 폭력』 베르너 바르텐스 지음, 손희주 옮김, 걷는나무, 2019

『비폭력 대화』 마셜 B. 로젠버그 지음, 캐서린 한 옮김, 한국NVC출판사, 2017

『나는 왜 저 인간이 싫을까?』 오카다 다카시 지음, 김해용 옮김, 동양북스, 2016

『해빗』

웬디 우드 지음,
김윤재 옮김,
다산북스, 2019

행동심리학과 뇌과학의 연구 성과를 종합하여 무의식 수준에서 작동하는 습관의 법칙을 규명했다. 쉽게 고갈되는 의지력 대신 애쓰지 않고도 행동하게 만드는 환경을 조성함으로써 습관을 바꾸는 방법을 알려준다. 습관 연구의 권위자가 쓴 대중교양서로 풍부한 사례와 도표가 이해를 돕는다.

함께 읽으면 좋은 책

『마시멜로 테스트』 월터 미셸 지음, 안진환 옮김, 한국경제신문, 2015

『포커스』 대니얼 골먼 지음, 박세연 옮김, 리더스북, 2014

『1%만 바꿔도 인생이 달라진다』 이민규 지음, 더난출판사, 2003

『설득의 심리학 1』

로버트 치알디니 지음,
황혜숙 옮김,
21세기북스, 2019

마케팅, 비즈니스 현장이나 일상의 대인 관계에서 타인을 설득하고, 부당한 설득에 속지 않는 법을 다룬 사회심리학 도서다. 저자는 상호성, 일관성, 사회적 증거, 호감, 권위, 희귀성이라는 6가지 범주로 설득의 심리 과정을 명쾌하게 정리하고, 사례, 증거, 독자 편지를 풍부하게 제시하여 독자의 이해를 돕는다.

함께 읽으면 좋은 책

『사회심리학』 로버트 치알디니 외 지음, 김아영 옮김, 웅진지식하우스, 2020
『인간 본성의 법칙』 로버트 그린 지음, 이지연 옮김, 위즈덤하우스, 2019
『우종민 교수의 심리경영』 우종민 지음, 해냄, 2013

『진화심리학』

데이비드 버스 지음,
이충호 옮김, 최재천 감수,
웅진지식하우스, 2012

진화심리학은 통섭의 심리 과학으로 인간의 본성 이해에 새 지평을 열었다. 이 책은 진화심리학의 연구 성과를 생존, 성과 짝짓기, 양육과 친족, 집단생활의 문제로 나누어 체계적으로 소개했다. 인간 진화의 역사를 통해 나의 본성을 이해하고, 타인을 공포나 혐오가 아닌 연민으로 바라보게 한다.

함께 읽으면 좋은 책

『마음의 미래』 미치오 가쿠 지음, 박병철 옮김, 김영사, 2015
『우리 본성의 선한 천사』 스티븐 핑커 지음, 김명남 옮김, 사이언스북스, 2014
『불교는 왜 진실인가』 로버트 라이트 지음, 이재석·김철호 옮김, 마음친구, 2019

『미움받을 용기』

기시미 이치로·
고가 후미타케 지음,
전경아 옮김, 김정운 감수,
인플루엔셜, 2014

개인심리학의 창시자 아들러는 과거나 타인에 연연하지 않고 '지금, 여기에서' 삶의 주인으로 살아갈 길을 제시했다. 이 책은 집단주의를 중시하는 동양 문화나 성취 지향적인 현대사회에서 가족, 인간관계, 사회생활에 힘들어하며 자신과 삶의 의미를 잃어버린 사람들에게 명쾌한 인생관과 살아갈 용기를 준다.

함께 읽으면 좋은 책

『융 심리학 입문』 캘빈 S. 홀·버논 J. 노드비 지음, 김형섭 옮김, 무예출판사, 2004
『딸에게 보내는 심리학 편지』 한성희 지음, 메이븐, 2020
『나도 아직 나를 모른다』 허지원 지음, 홍익출판사, 2018

『상처받은 내면아이 치유』

존 브래드쇼 지음,
오제은 옮김,
학지사, 2004

　　이상 심리, 문제 행동의 뿌리에는 아동기에 가족 관계에서 받은 마음의 상처가 있다. 이 책에 소개된 우울, 강박, 고립, 중독, 폭력 등 다양한 사례를 읽고, 저자가 안내하는 방식으로 명상을 하다 보면 감정이 해방되어 상처가 치유되고 존엄한 참 자기가 충만해지는 경험을 하게 될 것이다.

함께 읽으면 좋은 책

『부모 역할 훈련』 토마스 고든 지음, 이훈구 옮김, 양철북, 2002

『딥스』 버지니아 M. 액슬린 지음, 이원영·주정일 옮김, 샘터사, 2011

『몸은 기억한다』 베셀 반 데어 콜크 지음, 제효영 옮김, 김현수 감수, 을유문화사, 2016

『존 카밧진의
왜 마음챙김 명상인가?』

존 카밧진 지음,
엄성수 옮김,
불광출판사, 2019

마음챙김이 불안, 우울, 스트레스를 감소시키고, 집중력, 정서지능을 향상시킨다는 연구 결과가 쏟아져 나오고 있다. 마음챙김 명상의 창시자 존 카밧진은 이 책에서 마음챙김이 무엇이고, 어떻게 수행하는지를 기본부터 알려준다. 생각, 충동, 감정에 휩쓸려 나를 잃은 채 살아가지 않고 온전한 나로 사는 법을 배울 수 있다.

함께 읽으면 좋은 책

『마음에서 빠져나와 삶 속으로 들어가라』 스티븐 C. 헤이즈·스펜서 스미스 지음, 문현미·민병배 옮김, 학지사, 2010
『받아들임』 타라 브랙 지음, 김선주·김정호 옮김, 불광출판사, 2012
『너의 내면을 검색하라』 차드 멍 탄 지음, 권오열 옮김, 이시형 감수, 알키, 2012

『마틴 셀리그만의 긍정심리학』

마틴 셀리그만 지음,
김인자·우문식 옮김,
물푸레, 2014

긍정심리학은 행복에 관한 과학적 연구다. 긍정심리학의 창시자인 마틴 셀리그만은 개인이 저마다 타고난 성격 강점, 즉 지혜와 지식, 용기, 사랑과 인간애, 정의감, 절제력, 영성과 초월성의 덕목을 개발할 때 '진정한 행복'을 누린다는 연구 결과를 제시한다. 자신의 삶을 행복의 시각에서 되돌아보고 재설계하는 데 제격인 책이다.

함께 읽으면 좋은 책

『굿 라이프』 최인철 지음, 21세기북스, 2018

『감정은 패턴이다』 랜디 타란 지음, 강이수 옮김, 유노북스, 2019

『그릿』 앤절라 더크워스 지음, 김미정 옮김, 비즈니스북스, 2019

『트라우마
한국사회』

김태형 지음,
서해문집,
2013

한국의 1950년대생부터 1980년대생까지 세대마다 지닌 마음의 상처를 살펴보고, 계층, 분단, 지역 감정으로 새겨진 한국사회의 집단 트라우마도 분석한다. 개인 트라우마에 초점을 맞춘 상담심리 서적의 한계를 사회심리학 관점에서 보완해준다. 세대 간 이해를 도모하고, 집단 트라우마에 대한 '사회적 힐링'의 방안으로 참여민주주의의 길을 제시한다.

함께 읽으면 좋은 책

『어쩌다 한국인』 허태균 지음, 중앙북스, 2015

『모멸감』 김찬호 지음, 유주환 작곡, 문학과지성사, 2014

『감정 시대』 EBS 미디어 기획, EBS 감정 시대 제작팀 지음, 이현주 글, 윌북, 2017

책을 읽기 시작한
당신에게

_김기대

미국 심리학의 아버지 윌리엄 제임스는 "우리 세대의 가장 위대한 발견은 인간이 자신의 태도를 바꿈으로써 삶을 바꿀 수 있다는 사실을 발견한 것"이라고 말했습니다. 심리학은 한 개인의 인생은 물론 집단과 사회, 나아가 인류 역사까지 좌우하는 인간의 마음을 과학적으로 연구하는 학문입니다. 개인의 존엄과 가치, 공동체의 평화와 번영이 중시되는 현대사회에서 심리학에 대한 대중의 관심은 나날이 커졌고, 서점의 서가 상당 부분을 심리학책이 차지하게 되었습니다.

이 책에 선정한 '심리학 시작책'은 한국심리학회 홈페이지를 참조하여 심리학을 10개 분야로 분류하고(인지심리·의사결정·학습, 정서심리·애착·대인관계, 행동심리·자기조절·중독, 사회심리·조직심리·소비심리, 진화심리학·뇌과학, 상담심리·임상심리, 가족치료·트라우마, 건강심리·마음챙김, 긍정심리·행복·의미, 문화심리·한국사회), 각 분야를 대표하는 추천 서적 한 권과 함께 읽으면 좋은 책 세 권으로 구성했습니다.

일반인을 위한 심리학 입문서이므로 기초·학술 심리학보다는 응용·실용 심리학에 비중을 두었고, 가급적 편집서보다는 명저들을 선정하여 심리학의 진수를 맛볼 수 있도록 했습니다. 온라인서점의 도서 목록을 전체적으로 살펴보는 등 종합적이고 객관적인 선정을 위해 노력하였으나, 저의 학문 배경과 독서 이력에 따라 제한된 영역에서 주관적으로 책이 선정될 수밖에 없었을 것입니다.

심리학자들의 고전 명저를 더 읽고 싶다면 『내 인생의 탐나는 심리학 50』(톰 버틀러 보던 지음, 이정은·김재경 옮김, 흐름출판, 2019)이 하나의 길잡이 역할을 할 수 있고, 심리학 전체를 개관하고 싶다면 『마이어스의 심리학개론』(데이비드 G. 마이어스·네이선 드월 지음, 신현정·김비아 옮김, 시그마

프레스, 2016) 같은 심리학개론서가 좋습니다.

아무쪼록 '심리학 시작책'이 서점에 숨어 있는 심리학 보물들을 한 아름 찾아가시는 데 도움이 되기를 기원합니다.

— 김채린

서울대학교 미학과 대학원에서 예술과 관련한 인간의
감정과 인지철학 연구로 석사 학위를 받았다. 2003년
<중앙일보>에서 단편소설 「모호함에 대하여」로
신인문학상을 받았다. 지은 책으로는 『세 번째 세계』와
공저 『최소한의 서양 고전』, 『철학 이야기』 등이 있고,
그림책 『풍선은 어디로 갔을까?』, 『겁쟁이』를 구성하고
썼다. 그 외에도 고종의 덕수궁 외교 재현 행사인
<외국공사 접견례>, 음악극 <괴물>, <붉은꽃>, <레드
슈즈> 등을 쓰고 무대에 올렸다. 계속해서 예술과 철학,
문화와 역사를 주제로 고군분투 중이다.

예술 시작책

『메디치 가문 이야기』

G.F. 영 지음,
이길상 옮김,
현대지성, 2017

　　찬란한 서양 예술의 시작점에는 르네상스가 있다. 그리고 르네상스 문화 뒤에는 메디치 가문이 존재한다. 철학, 과학, 예술을 가리지 않고 후원했던 부호 가문. 그들이 없었다면 우리는 플라톤과 아리스토텔레스 같은 고대 그리스 철학자들의 사상을 탐구하는 데 더 어려움을 겪었을지도 모른다. 어쩌면 보티첼리와 미켈란젤로도 역사에 기록조차 되지 않았을지 모른다. 르네상스 예술과 그것을 일구어낸 메디치 가문의 350년을 흥미진진하게 탐구해볼 수 있는 책이다.

함께 읽으면 좋은 책

『르네상스 미술 이야기 - 피렌체편』 김태권 지음, 한겨레출판, 2009

『상인과 미술』 양정무 지음, 사회평론, 2011

『르네상스 미술』 스테파노 추피 지음, 하지은·최병진 옮김, 마로니에북스, 2011

『도리언 그레이의 초상』

오스카 와일드 지음,
윤희기 옮김,
열린책들, 2010

　　많은 사람들이 이 소설을 그림 속 인물은 늙어가고, 그의 실제 모델인 도리언은 영원한 젊음을 갖게 되는 초현실적 이야기로만 기억한다. 그러나 이 소설의 더 많은 부분은 예술, 그림, 미학에 대한 진지한 토론으로 가득 차 있다. 물론 주된 줄거리만으로도 충분히 매력적인 소설이지만 소설가이며 동시에 사상가였던 오스카 와일드의 예술에 대한 생각도 놓칠 수 없는 부분이다. 1890년 처음 발표된 이 소설은 예술에 대한 논쟁 속에서 세기말적 색채까지 진하게 드러낸다. 이 소설을 통해 예술과 아름다움, 가치와 도덕 등에 대해 고민해보기를 바란다.

함께 읽으면 좋은 책

『예술, 문학, 정신분석』지그문트 프로이트 지음, 정장진 옮김, 열린책들, 2004
『알랭 드 보통의 영혼의 미술관』알랭 드 보통·존 암스트롱 지음, 김한영 옮김, 문학동네, 2013
『리딩 아트』데이비드 트리그 지음, 이주민 옮김, 클, 2018

『줄리언 반스의
아주 사적인 미술 산책』

줄리언 반스 지음,
공진호 옮김,
다산책방, 2019

그저 소설가가 쓴 에세이라고 하기에는 좀 서운하다. 소설적 상상력을 바탕으로 작품 속 현장의 모습을 우리에게 고스란히 전달해준다. 특히 이 책의 첫 번째 장은 『10 1/2장으로 쓴 세계 역사』라는 그의 소설에 포함되어 있다. 사상서인지, 소설인지, 에세이인지 헷갈리지 않아도 된다. 세 가지 카테고리에 모두 포함되는 책이니까.

함께 읽으면 좋은 책

『고뇌의 원근법』 서경식 지음, 박소현 옮김, 돌베개, 2009
『다른 방식으로 보기』 존 버거 지음, 최민 옮김, 열화당, 2012
『화가의 눈』 플로리안 하이네 지음, 정연진 옮김, 예경, 2012

『세 번째 세계』

김채린 지음,
새물결플러스,
2016

미술 안에는 그 시대의 철학과 과학, 역사 그리고 문화가 총망라되어 있다. 『세 번째 세계』는 단순한 그림 해석이 아니라 그림의 뒷면에 있는 시대를 읽게 해주는 책이다. 그림을 잘 그리는 것만이 화가의 미덕은 아니다. 가장 혁신적인 과학과 기술을 이용하고, 자신이 살고 있는 시대를 자신만의 시각으로 그려내야만 한다. 그런 맥락에서 별 대수롭지 않은 작품을 그린 작가이지만 명성을 얻은 이유를 살펴보고, 당대의 평가에서 밀려났지만 시대를 탁월하게 응축해낸 작가들을 새롭게 만나볼 수 있다.

함께 읽으면 좋은 책

『미의 역사』 움베르토 에코 지음, 이현경 옮김, 열린책들, 2005
『문학과 예술의 사회사』(전 4권) 아르놀트 하우저 지음, 백낙청 외 옮김, 창비, 2016
『미술사 연대기』 이언 자체크 책임편집, 이기수 옮김, 마로니에북스, 2019

『오주석의 옛 그림 읽기의 즐거움』 (전 2권)

오주석 지음, 신구문화사, 2018

우리의 그림은 서양이 그림을 다루는 방식과는 완전히 다르다. 문화 안에서 그림의 위상도 다르거니와 추구하는 가치도 전혀 다르다. 서양미술사의 기준으로 우리 그림을 본다면 자칫 오해할 수 있는 부분들이 너무 많다. 익숙한 우리 그림들이지만 잘 알지 못했던 의미와 가치, 그리고 그 정신들을 쉽고도 흥미롭게 만날 수 있는 책이다.

함께 읽으면 좋은 책

『유홍준의 한국미술사 강의』(전 3권) 유홍준 지음, 눌와, 2010

『이슈, 중국현대미술』 이보연 지음, 시공아트, 2008

『유혹하는 그림, 우키요에』 이연식 지음, 아트북스, 2009

『꽃의 파리행』

나혜석 지음,
구선아 엮음,
알비, 2019

우리나라 최초의 서양화에 대한 기록은 고희동이
1915년 도쿄미술학교를 졸업해 조선으로 돌아와 학생들
에게 서양화를 가르친 것으로 시작한다. 나혜석은 1918년
일본 도쿄 여자미술학교를 졸업해 활동을 시작하며 우리
나라 최초의 여성 서양화가가 된다. 근대의 급변하는 물
결 속에서 식민지의 한 예술가는 유럽에서 무엇을 보고,
무엇을 느꼈을까? 파란만장한 시대의 파란만장한 인생이
겪은 파란만장한 여행기다.

함께 읽으면 좋은 책

『단숨에 읽는 여성 아티스트』 플라비아 프리제리 지음, 김영정 옮김, 시그마북스, 2020
『강가의 아틀리에』 장욱진 지음, 열화당, 2017
『1945년 이후 한국 현대미술』 김영나 지음, 미진사, 2020

『1945년 이후 한국 현대미술』

김영나 지음,
미진사,
2020

근대는 전통과의 단절을 의미한다. 이것은 우리도, 일본도, 신대륙도, 심지어 유럽도 마찬가지였다. 그러나 분명한 것은 미술에 있어서 우리가 겪었던 근대적 변화가 완전한 변환이었고 그로 인한 문화적 충격도 몹시 컸다는 것이다. 이것은 같은 미술 안에서의 이동이 아니라 동양화라는 하나의 장르에서 서양화라는 또 다른 장르로 이행한 것이나 다름없다. 해방 이후 그 충격을 작품 안에 녹여내면서 새롭게 펼쳐 보였던 한국 미술을 만나보길 바란다.

함께 읽으면 좋은 책

『아나키와 예술』 앨런 앤틀리프 지음, 신혜경 옮김, 이학사, 2015
『세계 100대 작품으로 만나는 현대미술강의』 캘리 그로비에 지음, 윤승희 옮김, 생각의길, 2017
『지도와 영토』 미셸 우엘벡 지음, 장소미 옮김, 문학동네, 2011

『기술적 복제시대의 예술작품』

발터 벤야민 지음,
심철민 옮김,
도서출판b, 2017

예술작품을 즐겁게 감상하는 것을 넘어, 더 깊이 있는 예술 철학을 공부하고 싶은데 더럭 겁이 난다면 이 책을 먼저 읽어보는 건 어떨까? 100페이지 정도로 얇은 책인데다가 용어들도 들어본 듯한 것들이 많다. 전통적 방식으로 예술을 이해하는 것이 아니라 새로운 시대의 새로운 테크놀로지를 바탕으로 한 예술작품들에 관한 이야기이니 지금의 우리를 돌아보기에도 좋을 것이다.

함께 읽으면 좋은 책

『사진에 관하여』 수전 손택 지음, 이재원 옮김, 이후, 2005
『진중권의 미학 오디세이』(전 3권) 진중권 지음, 휴머니스트, 2014
『본다는 것』 김남시 글, 강전희 그림, 너머학교, 2013

『한국건축
중국건축
일본건축』

김동욱 지음,
김영사,
2015

한국과 중국, 일본은 모두 전통적으로 지붕에 기와를 얹는다. 지구의 반대편에서 바라보면 한·중·일 사람들의 외모만큼이나 그 문화도 닮아 보일 것이다. 그러나 우리는 알고 있다. 그 닮음 속에서도 무수한 다른 결이 있다는 것을 말이다. 건축물 속 지붕의 각도에서, 장식에서, 즐겨 쓰는 색에서 우리는 끊임없는 다름을 발견할 수 있다. 이 책과 함께 한·중·일 건축의 문화적 기원을 찾아보도록 하자.

함께 읽으면 좋은 책

『일제의 흔적을 걷다』 정명섭 외 지음, 더난출판사, 2016
『알기쉬운 한국건축 용어사전』 김왕직 지음, 동녘, 2007
『상상의 아테네, 베를린·도쿄·서울』 전진성 지음, 천년의상상, 2015

『강헌의 한국대중문화사』
(전 2권)

강헌 지음,
이봄,
2016

음악평론가 강헌이 쓴 우리 역사 위 음악의 역사이다. 하나의 히트곡이 탄생하기까지, 그 곡을 듣는 소비자는 어떻게 탄생했고, 그들의 소비 행태와 문화는 어떤 방식으로 발전했는지를 보여준다. 다시 말해 작가는 대중문화가 탄생하기 전 대중이 어떻게 만들어졌는지에 대해 기술한다. 지금까지 100여 년이 넘는 시간 동안 흥얼거려온 노래들의 탄생을 지켜볼 수 있다.

함께 읽으면 좋은 책

『지적인 대화를 위한 교양 클래식 수업』 김정진 지음, 앨피, 2015

『오페라』 진회숙 지음, 니케북스, 2019

『포트레이트 인 재즈』 무라카미 하루키 지음, 와다 마코토 그림, 김난주 옮김, 문학사상사, 2013

책을 읽기 시작한
당신에게

_김채린

책을 권하는 일은 늘 어렵다. 책을 읽을 사람에 대해 어느 정도는 이해하고 있어야 어떤 책을 권할지 보이기 때문이다. 어떤 취향이 있는지, 어떤 호기심과 욕구가 있는지, 그리고 어떤 책들을 읽어왔는지 알 수 있다면 그다음은 쉽다. "이거 읽어보셨어요? 이 책 좋아하실 것 같아요." 아니, 어쩌면 그들은 누군가가 책을 권하는 걸 바라지 않을 수도 있다. 이미 자기가 읽고 싶은 책들이 잔뜩 있을지도 모른다. 하지만 책을 가까이할 여유가 없었던 사람이거나, 혹은 전혀 알지 못했던 분야를 새로 알고자 하는 사람이라면 책을 골라 읽는 것도, 그에게 책을 추천하는 것도 막막하기 짝이 없다.

보통 어떤 분야를 알기 위해 책을 읽기 시작한다면 그 분야에서 많이 언급되고, 유명한 책부터 시도해보기 마련이다. 그러나 일반적으로 그렇게 유명한 책들은 해당 분야에서 일가를 이루거나, 혁명적인 변환을 만들어 기존의 생각을 뒤집어놓은 이론가들의 글인 경우가 많다. 유명한 인문학책이 대부분 그러하다. 그러다 보면 우리는 명확한 맥락도 알지 못하고, 오늘날의 시점에서 참신한 것 같지도 않은 지루하고 따분하기만 한 옛날 글귀들을 읽는 기분에 휩싸여 책을 읽게 된다. 그래도 유명하다고 하니 인내심을 갖고 끝까지 읽어보려 하지만 감기는 눈을 막을 길이 없다.

이런 이유로 '예술 시작책'에서는 역사적인 맥락을 조금씩 짚을 수 있는 책들을 꼽아보았다. 예술이라는 한 줄기 흐름 속에서 반짝 빛나는 학자, 예술가, 작품이라면 분명 그들만의 맥락을 갖고 있다. 그들이 왜 빛났는지 알게 된다면 우리에게는 취향이 생기고, 호기심과 욕구가 생겨날 수 있다. 그렇다면 그다음에는 오늘, 지금의 관점이 아닌 거대하고 넓은 시간과 공간 앞에 서게 되고 우리도 그 거대한 흐름을 타게 된다. 『시작책』을 읽는 독자들도 그 멋진 경험을 만들어나가기를 바란다.

4장

책 읽기를 시작하는
아이들에게

― 이숙현

월간 <어린이와 문학>을 통해 작가로서 첫발을 떼고,
단편동화집 『초코칩 쿠키, 안녕』, 『선생님도 한번 봐
봐요』를 냈다. 금오유치원에서 그림책을 만나며 지은
책으로는 『그림책이 마음을 불러올 때』와 『날마다
달마다 신나는 책놀이터』(공저)가 있다.

― 이진우

판타지창작학교에서 신화와 옛이야기, 판타지동화를
실컷 공부했다. 지은 책으로는 창작 옛이야기 동화책
『요리조리 토리 씨』와 그림책으로 풀어낸 유아 독서
교육서 『날마다 달마다 신나는 책놀이터』(공저)가 있다.

그림책 시작책

『길로 길로 가다가』

권정생 글,
한병호 그림,
한울림어린이, 2018

옛날부터 전해오는 「길로 길로 가다가」 노랫말을 권정생 할아버지가 다시 쓰셨어. 주운 바늘 휘어, 낚시로 잉어 잡고, 모두 함께 나눠 먹는 이야기로 말이야. 여기에 멋진 도깨비 그림이 더해져 재미난 그림책이 되었네. 친구 같은 도깨비와 동물들 만나봐. 따스한 마음 길이 날 거야!

그림책은 신기해. 책장을 넘기면 마음 당기는 이야기 길이 나타나고, 그 위에서 누구든 함께 어우러질 수 있거든. 이 책 말고도 권정생 할아버지가 지은 이야기를 바탕으로 정성껏 만든 그림책들이 많아. 반갑게 만나서, 나만의 이야기 길 내어봐!

함께 읽으면 좋은 책

『강아지똥(보드북)』 권정생 글, 정승각 그림, 길벗어린이, 2017

『걸었어』 이정덕·우지현 지음, 청어람주니어, 2015

『따뜻해』 김환영 그림책, 낮은산, 2019

『평화란 어떤 걸까?』

하마다 게이코 글·그림,
박종진 옮김,
사계절, 2011

그동안 당연하게 누려온 것들이 얼마나 소중한 것이었는지 깨닫고 있어. 언제쯤 마스크 없이 돌아다닐 수 있을까? 새삼 평화에 대해 다시 생각하게 돼. 책에서 아이가 말해. "평화란 내가 태어나길 잘했다고 하는 것. 네가 태어나길 잘했다고 하는 것. 그리고 너와 내가 친구가 될 수 있는 것"이라고. 서로 다른 너와 내가 '친구'가 되어 더불어 살아가려면 평화가 무엇인지 헤아려봐야겠지. 그래야 함께 나아갈 수 있을 테니까. 앞으로 이어질 우리의 날들이 평화와 닿아있길 간절히 바라. 한·중·일 세 나라가 마음 모아 정말 애써서 만든 소중한 평화 이야기, 꼭 만나보길!

함께 읽으면 좋은 책

『평화 책』토드 파 지음, 엄혜숙 옮김, 평화를품은책, 2016

『내가 라면을 먹을 때』하세가와 요시후미 지음, 장지현 옮김, 고래이야기, 2019

『같은 시간 다른 우리』소피아 파니두 글, 마리오나 카바사 그림, 김혜진 옮김, 다림, 2020

『안녕! 만나서 반가워』

한성민 글·그림,
파란자전거,
2015

멸종위기 바다 동물 매너티와 듀공, 북극 바다코끼리와 남극 펭귄이 살 곳 갈 곳을 잃었대. 지구가 더워져서, 사람들이 나무를 없애고 건물을 지어서래. 나무를 심어야 한다는데, 동물들은 나무를 심을 수 없잖아. 어떻게 하면 좋을까? 그림책 마지막, 우리를 마주 보고 있는 동물들의 질문에 답이 있어. 책을 덮고 나서도 동물들의 동그란 눈동자가 자꾸 떠올라. 그림책의 얼굴, 앞표지를 다시 들여다봐. 한 손 번쩍 들고 우리를 향해 너무나도 반갑게 인사하고 있는 동물 친구들을 많은 친구들이 만나보면 좋겠어. 그래서 지구 살리는 일, 함께하면 좋겠어!

함께 읽으면 좋은 책

『이상한 동물원』 이예숙 글·그림, 국민서관, 2019

『사라지는 동물 친구들』 이자벨라 버넬 지음, 김명남 옮김, 이정모 감수, 그림책공작소, 2017

『내 친구 지구』 패트리샤 매클라클랜 글, 프란체스카 산나 그림, 김지은 옮김, 미디어창비, 2020

『달콤한 목욕』

김신화 외 지음,
바람의아이들,
2014

　가뭄으로 물이 끊어졌대. 그런 줄도 모르고 공놀이하며 실컷 놀다 땀범벅이 된 세 사람. 목욕탕에 갔더니 아이쿠, 욕조에 물이 안 나오네! 마침 냉장고에 차가운 사이다가 가득해. 이걸 욕조에 콸콸 부어 풍덩! 달콤한 목욕 마치고 나오는데, 몸이 끈적끈적…. 그래서 어떻게 됐을까? 거침없는 상상력이 담긴 이 책은 장애인 그림책 만들기 프로젝트로 태어났대. 참여한 작가는 모두 여섯 명. 여럿이 함께 어쩌면 이토록 달짝지근 재미나게 지었는지, 입 안에서 톡톡 터지는 사이다처럼 짜릿한 맛이 즐거운 그림책이야.

함께 읽으면 좋은 책

『장수탕 선녀님』 백희나 지음, 책읽는곰, 2012
『간질간질』 서현 지음, 사계절, 2017
『코끼리 미용실』 최민지 글·그림, 노란상상, 2019

『고구마구마』

사이다 지음,
반달,
2017

　　『고구마구마』특별판이 나왔구마! 함께 나온 『고구마유』꼬마책도 굉장하네유! 얼굴이 새롭구마. 알찬 속은 그대로구마. 고구마는 둥글구마. 길쭉하구마. 작구마. 크구마. 굽었구마. 조그맣구마. 배 불룩하구마. 털 났구마. 뽑는구마…. 말 재미가 죽이구마. 서로 다른 고구마 그림들도 빛나구마. 이야기가 맛나구마. 즐겁구마. 고구마구마, 끝이 없구마. 보고 나면, 너도 나도 '구마구마' 된다구마. "이제 끝이구마"는 "싹 났구마!"로 이어지고, 끝날 때까지 끝이 아니구마. 언제든 다시 시작이구마….

함께 읽으면 좋은 책

『수박 수영장』안녕달 그림책, 창비, 2015

『대단한 참외씨』임수정 글, 전미화 그림, 한울림어린이, 2019

『감귤 기차』김지안 글그림, JEI재능교육, 2016

『나는요,』

김희경 글·그림,
여유당,
2019

널 가장 많이 닮은 동물은 누구일까? 난 토끼. 자꾸 갈팡질팡하거든. 맑은 수채화로 그려낸 사랑스러운 동물 친구들과 눈 맞추다 보면 그림책 속 여자아이처럼 "모두 나예요"라고 말하고 싶어져. 가만가만 귀 기울이면 하나 하나 다 내 이야기 같거든. 마음을 만나는 그림책은 좋아. 속마음을 잘 드러내지 못하고 지나기 일쑤인 '나'에게, 새로 발견한 내 안의 여러 '나'를 보여주니까. 어떤 '나'이든 괜찮다고, 있는 그대로의 '나'를 다정하게 맞아주고 꼭 안아주는 것 같은 이 책, 선물처럼 내밀고 싶어.

함께 읽으면 좋은 책

『난난난』 영민 글·그림, 국민서관, 2014
『거북아, 뭐 하니?』 최덕규 글·그림, 푸른숲주니어, 2015
『이파라파냐무냐무』 이지은 그림책, 사계절, 2020

『알사탕』

백희나 지음,
책읽는곰,
2017

최근 서점에서 마음의 소리 들려주는 신기한 '알사탕'이 인기라고 합니다. '방귀 뀌지 마' 소파, '목줄 좀 풀어줄래?' 구슬이, '사랑해' 아빠, '잘 지내지?' 할머니, '안녕' 단풍잎 소리가 들린다는데요. 이번엔 투명한 알사탕 하나를 맛보겠습니다. "나랑 같이 놀래?" 친구에게 먼저 말해버렸어요. 처음이에요, 이런 적. 여러분도 알사탕으로 마음의 소리를 만나보세요. 이상, 동동(이 책의 주인공)이었습니다.

※속보※ 알사탕의 백희나 작가, 한국인 최초로 '아동문학계의 노벨상'이라고 불리는 '아스트리드 린드그렌상' 수상!!!

함께 읽으면 좋은 책

『친구에게』 김윤정 그림책, 국민서관, 2016
『숲 속 재봉사의 꽃잎 드레스』 최향랑 그림책, 창비, 2016
『미술 시간 마술 시간』 김리라 지음, 한솔수북, 2018

『나랑 놀자!』

정진호 글·그림,
현암주니어,
2018

이 책은 함부로 책을 넘기지 말라는 경고로 시작해. 하지 말라니, 더 하고 싶잖아? 당연히, 책을 넘겼지. 그랬더니, 사실은 날 기다리고 있었다지 뭐야. 내가 책이랑 놀아줘야 한다나. 일단, 준비운동부터 하래. 몸도 움직이고, 소리도 치고, 상상도 마음껏 해야 하니까. 빨간 실을 따라 손가락을 움직여보라고? 뭐 이 정도쯤이야…. 캄캄한 동물원에서 숨은 동물 찾는 건, 숨바꼭질 좋아하는 내게 식은 죽 먹기지. 근데 이야기 상상하기? 요건 좀…. 나도 모르게, 책이랑 말을 하고 있네. 그래, 좋아. 우리 같이 놀자!

함께 읽으면 좋은 책

『리본』 아드리앵 파를랑주 지음, 박선주 옮김, 보림, 2017

『박수 준비!』 마달레나 마또주 지음. 민찬기 옮김, 그림책공작소, 2015

『도와줘, 늑대가 나타났어!』 세드릭 라마디에 글, 뱅상 부르고 그림, 조연진 옮김, 길벗어린이, 2015

『도둑을 잡아라!』

박정섭 글·그림,
시공주니어,
2010

　　면지를 놓치지 마. 빨간 안경과 치아 교정기, 대머리와 연두색 양복, 그리고 '이것'까지 도둑에 대한 아주 중요한 단서가 나와 있거든. 여섯 명의 용의자 가운데 과연 범인은 누구일까? 모두 알리바이를 대며 자신은 범인이 아니라고 하는데…. 찾았니? 그렇다면, 면지에 그려진 단 하나의 '이것'이 무엇인지도 알아차렸겠지? 한 가지 더, 범인인지 아닌지 가르는 중요한 단서가 맨 마지막 장면에도 나와 있어. 이제 확실히 알 거야, 범인이 누군지. 좋아. 그럼, 이번엔 도둑이랑 용의자가 경찰서에 오기 전까지 어디서 무얼 하고 있었는지 다시 보자.

함께 읽으면 좋은 책

『도서관의 비밀』 통지아 글·그림, 박지민 옮김, 그린북, 2009
『케이크 도둑을 잡아라!』 데청 킹 그림, 거인, 2018
『범인은 고양이야!』 다비드 칼리 글, 마갈리 클라벨레 그림, 김이슬 옮김, 다림, 2018

『별 낚시』

김상근 지음,
사계절,
2019

늦은 밤, 눈을 꼭 감아도 잠이 안 올 때, 달님에게 말을 걸어봐. 별 하나가 뚝, 내려올지 몰라. 별을 보거든 꼭 잡아. 밤하늘 위로 쑥, 올라갈 거야. 달 토끼 만나겠지. 꽃게랑 동물 친구들 인사 나누고, 누가 누가 안 자나, 별 낚시 해. 친구들이랑 신비로운 별세상에서 실컷 놀다 보면 스르르 잠이 올 거야. 그래도 잠이 안 온다고? 그렇담, 꼭 잠들지 않아도 괜찮아. 별세상에서 별 낚시 하며 좀 더 놀아도 괜찮아. 보드라운 이불처럼 포근하게 감싸줄 파란 밤, 눈부신 별천지 꿈꾸며 자장자장, 자장… 자장…, 잘 자렴.

함께 읽으면 좋은 책

『이불을 덮기 전에』 김유진 글, 서현 그림, 창비, 2018

『악몽 도둑』 윤정주 글·그림, 책읽는곰, 2019

『밤의 이야기』 키티 크라우더 지음, 이유진 옮김, 책빛, 2019

『오누이 이야기』

이억배 지음,
사계절,
2020

어흥, 떡 하나 주면 안 잡아먹지. 우리나라 대표 옛이 야기, '해와 달이 된 오누이'를 이억배 그림책으로 만나보 렴. '거기, 밤이 왔니?' 짙푸른 밤하늘 신비로운 목소리로 펼쳐지는 이야기는 짧고 간결해서 입에 착 달라붙어. 원 화를 그대로 살려서 책이 길쭉해. 그림 테두리는 들쭉날 쭉, 크기도 다채롭지. 그래서 그림이 이야기를 넘나들어. 오누이가 호랑이랑 방문을 사이에 두고 입씨름할 때, 꾀 를 내어 똥 누러 간다며 도망칠 때, 우물가 나무 위에 숨 어 있을 때 힘껏 응원해줘. 참기름에 발라당 미끄러지는 호랑이를 보면 배꼽 빠지게 웃길 거야.

함께 읽으면 좋은 책

『뒤집힌 호랑이』 김용철 글·그림, 보리, 2012

『용감한 젊은이와 땅속 나라 괴물』 김민정 글, 오승민 그림, 도토리숲, 2018

『이야기 귀신』 이상희 글, 이승원 그림, 비룡소, 2012

『금강산 호랑이』

권정생 글,
정승각 그림,
길벗어린이, 2017

　권정생 쓰고 정승각 그리다. 『강아지똥』, 『오소리네 집 꽃밭』, 『황소 아저씨』(권정생 글, 정승각 그림, 길벗어린이, 1996·1997·2001)에 이어 또 하나의 명작이 태어났어. 글과 그림이 묵직하고 힘이 넘치지. 산골 소년 유복이는 아버지의 원수를 갚기 위해 10년 동안 실력을 갈고닦아 온갖 고난을 이겨내고, 마침내 무서운 호랑이를 물리쳐. 이 그림책은 2000년부터 시작해서 17년 동안 공들여 완성했대. 어떤 일은 며칠 만에 뚝딱 끝나기도 하지만, 어떤 바람은 유복이나 이 그림책처럼 많은 시간과 노력이 필요하기도 해. 꿈꾼다는 건 그런 거야. 네 안의 힘을 길러 큰 꿈을 펼치길, 응원할게.

함께 읽으면 좋은 책

『큰사람 장길손』 송아주 글, 이형진 그림, 도토리숲, 2016
『아기장수 우투리』 서정오 글, 서선미 그림, 보리, 2011
『감은장아기』 서정오 글, 한태희 그림, 봄봄출판사, 2012

『재주 많은 일곱 쌍둥이』

홍영우 글·그림,
보리,
2012

홍영우 작가는 일제 강점기에 일본에서 태어났어. 스물네 살이 되어서야 처음 우리말을 배웠대. 그 후로 우리말, 우리글, 우리 그림으로 엮은 다양한 책을 만들었지. '온 겨레 어린이가 함께 보는 옛이야기'도 무려 20권이나 쓰고 그렸어. 특유의 수묵채색 그림은 엉뚱 발랄하고, 이야기는 쉽고 간결해서 술술 읽혀. 20권이 다 재밌어. 『재주 많은 일곱 쌍둥이』에는 천리만리듣고보기, 높으니낮으니, 여니딸깍같이 기발한 재주꾼들이 나와. 다른 책에 나오는 단지손이, 잘만쏘니, 큰일났다같이 신기한 재주꾼들 이야기랑 같이 보면 더 재미있을 것 같아 추천해.

함께 읽으면 좋은 책

『재주꾼 동무들』 김효숙 글, 김유대 그림, 길벗어린이, 2015

『잘만 3형제 방랑기』 신동근 그림책, 사계절, 2019

『거미 아난시』 제럴드 맥더멋 글·그림, 윤인웅 옮김, 열린어린이, 2005

『똥자루 굴러간다』

김윤정 글·그림,
국민서관,
2010

　　시청자 여러분, 최근 초대 지구방위사령관으로 똥자루 장군이 발탁되어 화제입니다. 여성으로 중책을 맡았는데요, 똥자루 장군은 어떤 분인가요?

　　– 예, 힘이 넘치고 속이 튼튼해서 똥자루 한 방에 적군을 물리친 장군입니다. 무쇠 바가지로 적군을 혼란에 빠뜨리는 지혜를 발휘했죠. 당시 뒷면지에 연애 이야기가 실려, '친구에게'* 쓴 편지와 함께 큰 화제가 되기도 했습니다. 최근에 '빛을 비추면'* 드러나는 적군의 암호를 해독해 '아이스크림 똥'*으로 위장한 외계인을 찾아내는 등, 초대 사령관으로 손색이 없다는 평가입니다.

*김윤정 작가의 그림책 제목

함께 읽으면 좋은 책

『녹두영감과 토끼』 강미애 옛이야기그림책, 이야기꽃, 2019

『깜박깜박 도깨비』 권문희 글·그림, 사계절, 2014

『신통방통 세 가지 말』 김경희 글·그림, 웅진주니어, 2012

『팥빙수의 전설』

이지은 그림책,
웅진주니어,
2019

　무더운 여름날 팥빙수 한 입 먹으면 더위가 사르르 녹지? 옛날에는 '팥빙수'라는 게 없었대. 근데 어느 날, 깊은 숲속 빨간 모자 할멈이 구수한 단팥죽을 끓였어. 수박, 참외, 딸기랑 같이 장에 내다 팔려고 길을 나섰지. 오메, 갑자기 눈이 펑펑 내리는 거야. '크르르르르릉' 눈호랑이가 나타났지. "맛있는 거 주면 안 잡아먹지." 그래. 별수 있나? 봇짐에서 딸기를 꺼내 '옛다' 던져주곤 얼른 도망쳤지. 근데 눈호랑이가 또 나타나서 '크르릉'거리는 거야. 그런데, 이 이야기랑 팥빙수랑 무슨 상관있냐고? 하하하, 그건 그림책 보면 다 알게 돼.

함께 읽으면 좋은 책

『토선생 거선생』 박정섭 글, 이육남 그림, 사계절, 2019

『슈퍼 거북』『슈퍼 토끼』 유설화 글·그림, 책읽는곰, 2014·2020

『전설의 가위바위보』 드류 데이윌트 글, 애덤 렉스 그림, 송예슬 옮김, 다림, 2019

책을 읽기 시작한
당신에게
_이숙현·이진우

이숙현·이진우 반갑습니다. 저희는 2006년부터 경북 구미, 금오유치원에서 그림책으로 소중한 인연 엮으며 지내온 짝꿍 사이랍니다. 지역 내 아름다운 서점, 삼일문고로부터 '시작책' 프로젝트 소식을 듣고 참 기뻤습니다. 유치원 아이들에게 그림책을 읽어줄 때나 어른들과 그림책 공부 모임을 할 때, 그림책 팟캐스트 〈행복한 그림책 놀이터〉를 진행할 때도, "이렇게 좋은 그림책은 널리 알려야 해!" 할 때가 많았거든요.

Q. 시작책, 어떻게 골랐나요?
이숙현 설레는 마음으로 시작했지만, 많고 많은 창작 그림책 중에 몇 권만 고르자니, 떨리고 어렵더라고요. 자연스레 유치원 아이들과 가족들이 떠올랐어요. '재미있게 만난 한 권의 그림책'을 알려달라 했지요. 저도 그동안 함께 만나온 그림책들을 찬찬히 헤아려보고요. 아이들이 반짝이는 눈빛으로 "또 읽어주세요!" 했던 그림책, 재밌어 깔깔 웃으며 봤던 그림책, 보고 나서 즐거운 놀이가 이어지던 그림책, 울림이 있어 잊지 못할 여운을 안겨준 그림책… 한 권 한 권 마음에 떠오르는 그림책을 골랐어요. 그리고 해마다 5월에 만나곤 했던 권정생 그림책 가운데 한 권을 꼽아, 첫 번째 자리에 놓았지요. 『길로 길로 가다가』를 맨 앞에 두고, '그림책 시작책' 한 권 한 권이 누군가를 그림책 세계로 이끄는 길이 되어주길 바라는 마음을 담았어요.

이진우 저는 옛이야기 그림책 분야를 맡았어요. 이번에 새삼 알게 된 사실인데요. 1990~2000년대까지만 해도 옛이야기가 그림책 단행본 시리즈로 활발하게 출판되었는데, 그 뒤론 출판이 뜸해졌더라고요. 그래도 찾아보니, 새

로 고쳐 쓴 창작 옛이야기, 패러디 그림책, 아시아권 옛이
야기 그림책들이 종종 나오고 있어 반가웠어요. 되도록
최근 작품을 소개하려고 애쓰면서, 이번 시작책 프로젝트
를 통해 옛이야기 그림책이 더 많이 읽히고, 더불어 더 많
은 옛이야기 그림책이 출판되면 좋겠다는 바람을 갖게 되
었습니다.

Q. 입말체로 된 추천 글이 독특해요.

이숙현 어떻게 소개하면 좋을까… 이렇게 저렇게 궁리하
다가, '아이들 마음에 닿는 말!'이 떠올라 이야기하듯 썼
어요. '그림책 시작책'의 주인공은 아이들이니까요.

이진우 아이들은 글을 잘 모르니까, 부모님들이 입말을
살려 읽어주시면 좋겠습니다. "이 책 보고 싶다!" 소리치
며 궁금한 마음으로 그림책에 손 뻗는 아이들을 상상해

봅니다.

Q. 마지막으로 한마디 덧붙인다면?

이숙현 '그림책 시작책'이 어린이 마음을 품은 어른에게
도 가닿아 그림책의 매력에 폭 빠져드는 어른이 많아지면
좋겠어요. 아이들이 그림책을 즐기려면 함께하는 어른의
역할이 중요하니까요.

이진우 좋은 그림책이 정말 많습니다. 그림책을 자주 읽
어주세요. 아이들에게 행복을 선물해주세요!

— 한미화

어린이책 평론가이자 출판 칼럼니스트. 25년간
어린이책을 다루어왔다. 사서, 현직 교사 들 사이에서
'책으로 아이와 소통하는 법을 가장 잘 아는 어린이책
전문가'로 손꼽힌다. 저서로 『아홉 살 독서 수업』,
『아이를 읽는다는 것』, 『동네책방 생존 탐구』, 『이토록
어여쁜 그림책』(공저) 등이 있다.

초등 저학년 시작책

『진짜 일 학년
책가방을 지켜라!』

신순재 글,
안은진 그림,
천개의바람, 2017

    초등학생이 되기 전에는 엄마가 뭐든 챙겨주었다. 뭘 잃어버려도 "엄마!" 하고 부르면 해결되었다. 학교에 입학하면 아이들은 스스로 할 일이 많아진다. 숙제도 혼자 해야 하고, 준비물이나 알림장도 스스로 챙겨야 한다. 하루 아침에 이 모든 일을 잘할 수는 없으니 아이들의 삶도 고달프다. 특히 축구든 게임이든 뭔가에 빠지면 정신 못 차리는 남자아이들이 야무진 여자아이들보다 황당한 일을 많이 저지른다. 이제 막 1학년이 된 준수는 학교에서 온갖 걸 다 잃어버리고 수모와 창피를 당하지만 이를 나름의 방법으로 극복해간다. 나만 실수하는 게 아니란 것만 알아도 어른이든 아이든 살아갈 만한 법이다.

함께 읽으면 좋은 책

『언제나 칭찬』 류호선 동화, 박정섭 그림, 사계절, 2017

『괴물 예절 배우기』 조안나 코울 글, 재러드 더글라스 리 그림, 이복희 옮김, 시공주니어, 1997

『꼬마 너구리 요요』

이반디 동화집,
홍그림 그림,
창비, 2018

문학을 읽는다는 건 최고의 감정 훈련이다. 내 마음 속에서 움직이는 여러 빛깔의 감정들을 문학이라는 거울에 비추어 볼 수 있기 때문이다. 감정 훈련이라는 표현을 썼듯, 누구나 자신의 감정을 느낄 수 있는 건 아니다. 감정을 느끼는 훈련을 해야 자기감정을 알아차릴 수 있다. 이반디의 『꼬마 너구리 요요』는 저학년 동화에서 보여줄 수 있는 가장 아름다운 문장으로 마음의 이야기를 들려준다. 특별히 어려운 말을 쓰지 않고서도 일고여덟 살 아이의 마음 안에서 일어나는 흔들림과 서운함과 슬픔을 맑게 담아냈다. 소리 내어 아이들과 함께 읽어보길 권한다.

함께 읽으면 좋은 책

『정연우의 칼을 찾아 주세요』 유준재 글, 이주희 그림, 문학동네, 2019
『풍선 세 개』 김양미 글·그림, 시공주니어, 2019

『겁보 만보』

김유 글,
최미란 그림,
책읽는곰, 2015

아이가 성장한다는 것은 곧 부모의 품을 벗어나는 일이기도 하다. 『겁보 만보』는 가정을 벗어나 이제 막 학교에 입학한 아이들에게 자립과 용기에 관해 들려주는 동화다. 만보는 엄마 아빠가 어렵사리 얻은 금쪽같은 늦둥이 외아들이다. 그래서 이름도 만 가지 보물이라는 뜻의 만보다. 한데 금지옥엽 외동아들 만보는 바람만 불어도 발소리만 들어도 겁이 나서 숨는 겁보 중의 겁보다. 엄마 아빠는 걱정이 많다. 천하의 겁쟁이 만보를 용감하게 키우기 위해 만보를 혼자 시장에 보낸다. 하지만 어디 만보뿐이랴. 이제 막 초등학생이 된 아이들 모두 실은 두렵다. 옛이야기 형식을 빌려 용기에 관해 들려주는 동화다.

함께 읽으면 좋은 책

『조금만, 조금만 더』 존 레이놀즈 가디너 글, 마샤 슈얼 그림, 김경연 옮김, 시공주니어, 2019

『큰일 한 생쥐』 정범종 동화, 애슝 그림, 창비, 2016

『내 다리가 부러진 날』

이승민 글,
박정섭 그림,
풀빛, 2017

초등학생 아이들을 괴롭히는 일은 여러 가지다. 그중 일기와 독후감만 한 것이 없다. 일기와 독후감만 없어도 학교 다니기가 조금은 수월할 거다. 직접 일기를 쓰는 건 싫지만 반대로 다른 아이가 쓴 일기를 읽는 건 어떨까. 특히 솔직하게 쓴 웃긴 일기라면?

'승민이의 일기' 시리즈의 주인공 승민이도 처음부터 일기를 쓰고 싶었던 건 아니다. 엄마가 없는 수요일에는 PC방에 가는데 서두르다 다치는 바람에 깁스를 했다. 덕분에 너무너무 심심해서 하는 수 없이 일기를 쓰기 시작했다. 일기에는 깁스를 하는 바람에 특별 대우를 받게 된 승민이가 펼쳐내는 유머러스한 이야기가 가득하다. 일기 쓰기 싫어하는 아이들에게 권한다.

함께 읽으면 좋은 책

'윔피 키드'(14권 발간) 제프 키니 글·그림, 김선희 외 옮김, 아이세움, 2019
'톰 게이츠와 개즘비'(7권 발간) 리즈 피숀 글·그림, 김영선 옮김, 사파리, 2020

『당나귀 실베스터와 요술 조약돌』

윌리엄 스타이그 글·그림,
이상경 옮김,
다산기획, 1994

모든 이야기는 기승전결의 서사 구조를 갖는다. 사건이 발생하고 주인공은 위기를 겪지만 결국은 어려움을 헤쳐나간다. 이 구조에 익숙해져야 이야기가 재미있게 다가온다.

윌리엄 스타이그는 마법과 변신을 테마로 한 이야기를 즐겨 들려준다. 실베스터는 예쁜 조약돌을 모으는 취미가 있다. 우연히 마법의 조약돌을 주운 실베스터는 엉뚱한 주문을 외우는 바람에 다시는 집에 돌아가지 못할 위험에 처한다. 과연 실베스터는 어떻게 될까?

작가는 실베스터 이야기를 통해 모험의 끝에는 언제나 어린이를 따뜻하게 맞아주는 가족이 기다리고 있다는 믿음을 전한다. 마법과 변신이라는 흥미로운 이야기 구조에 가족의 사랑을 담은 책이다. 나들이가 많아지는 계절에 미리 읽어주면 더욱 좋다.

함께 읽으면 좋은 책

'만복이네 떡집' (전 3권) 김리리 글, 이승현 그림, 비룡소, 2020

『내 동생 싸게 팔아요』 임정자 글, 김영수 그림, 아이세움, 2006

『레기, 내 동생』

최도영 글,
이은지 그림,
비룡소, 2019

자고로 동생은 밉다. 미운 동생이 사라졌으면 혹은 골탕을 먹었으면 하는 바람은 언제나 있다. 언니 도리지는 불쌍한 척하며 고자질을 일삼는 동생 도레미가 미울 때마다 하는 일이 있다. 수첩에 '내 동생 쓰레기'라고 쓰는 것. 한데 동생이 진짜 쓰레기봉투로 변했다! 속이 시원할 줄 알았는데 동생이 불쌍한 건 왜일까. 미움과 사랑이 왔다 갔다 하는 아이의 두 마음이 솔직하게 그려진 동화다. 툭하면 싸우는 자매의 갈등을 유쾌한 판타지로 그리고 있어 비슷한 상황에 처한 아이라면 카타르시스를 느낄 만하다. 저학년의 읽기는 아이의 일상에서 벌어질 법한 이야기를 담은 동화를 읽고 공감하고 재미를 느끼는 게 시작이다.

함께 읽으면 좋은 책

『나도 예민할 거야』 유은실 동화, 김유대 그림, 사계절, 2013

『콩이네 옆집이 수상하다!』 천효정 글, 윤정주 그림, 문학동네, 2016

『외딴 집 외딴 다락방에서』

필리파 피어스 글,
앤서니 루이스 그림,
햇살과나무꾼 옮김, 논장,
2018

이모할머니 댁에 놀러간 에마는 방이 부족해 집 꼭대기 다락방에서 혼자 자기로 한다. 동생은 그 방에서 유령이 나온다고 놀린다. 그날 밤 에마는 누군가 자신을 지켜보는 것 같다는 느낌을 받는다. 그렇게 하루, 이틀, 사흘째 밤이 되었고 노란 두 눈을 반짝이는 고양이를 발견한다. 고양이는 에마 발치로 다가왔고 둘은 함께 잠이 든다. 다음 날 이모할머니 댁에 고양이가 없다는 걸 알게 된 에마, 과연 헛것을 본 것일까. 별것 아닌데 묘한 긴장감과 신비감이 드는 이야기다. 필리파 피어스는 다락방이라는 아늑하지만 낯선 공간에 비밀을 숨겨두었다. 때로 간절한 바람이 만들어내는 또 다른 시공간이 있을 수도 있다. 그것이 무엇일지 아이들과 함께 상상해보자.

함께 읽으면 좋은 책

『초록 고양이』 위기철 동화, 안미영 그림, 사계절, 2016
『이 고쳐 선생과 이빨투성이 괴물』 롭 루이스 글·그림, 김영진 옮김, 시공주니어, 2018

『이상한 마을에 놀러 오세요!』(전 2권)

하민석 지음,
딸기책방,
2019

아이들은 괴상하고 요상하고 말도 안 되는 이야기를 좋아한다. 부모가 잘 이해하지 못하는 아이들의 심리다. 그러니 부모는 시시껄렁한 책을 사겠다는 아이와 말씨름 할 수밖에 없다. 물론 아이가 고른 책이 공부나 교훈을 얻는 데는 별 도움이 안 될 수 있다. 누구나 취향이 존재 하며 아이들도 마찬가지다. 부모는 이를 적당히 인정해줄 필요가 있다. 특히 이제 막 읽기를 시작한 아이들이라면 부모가 고른 책 말고 스스로 고른 괴상한 책들을 읽을 권 리가 있어야 한다. 그래야 책이 재밌어진다.

만화책 『이상한 마을에 놀러 오세요!』에는 엉뚱한 일 을 하는 봉구와 고치가 나온다. 어른들은 아이들이 벌이 는 이상한 일을 당해내지 못한다. 상식과 규칙이 통하지 않는 말도 안 되는 이상한 세계에는 아이들이 좋아하는 괴상한 재미가 있다.

함께 읽으면 좋은 책

『엽기 과학자 프래니』(전 12권) 짐 벤튼 글·그림, 박수현 외 옮김, 사파리, 2019
『머리가 좋아지는 약』 히라타 아키코 글, 다카바타케 준 그림, 김숙 옮김, 북뱅크, 2014

『이웃집 공룡 볼리바르』

숀 루빈 글·그림,
황세림 옮김,
스콜라, 2019

아이들은 또래 친구를 만나며 변한다. 또래가 즐기는 문화를 함께 공유한다. 그중 하나가 만화다. 친구가 있는 한 아이에게 만화를 금하는 건 불가능하다. 대신 예술성과 문학성을 지닌 만화를 권하는 편이 낫다.

『이웃집 공룡 볼리바르』는 만화라는 게 믿기지 않을 만큼 정교한 그림과 상상력을 담은 그래픽 노블이다. 더구나 아이들이 좋아하는 공룡이 소재다. 정신없는 도시 뉴욕에 사는 시빌은 지구에 남은 마지막 공룡이 옆집에 산다는 걸 알아차린다. 공룡은 신문도 사고 박물관도 가지만 너무너무 바쁜 뉴욕 사람들은 공룡을 보지 못한다. 공룡이 숨어 살기에 서로에게 무관심한 도시보다 더 좋은 곳은 없다는 은유다. 하지만 아무리 삭막한 도시라도 호기심 어린 눈으로 이웃과 인간을 바라보는 아이들이 있다!

함께 읽으면 좋은 책

『엘 데포』 시시 벨 글·그림, 고정아 옮김, 밝은미래, 2016

『귀신 선생님과 오싹오싹 귀신 학교』 남동윤 만화, 사계절, 2019

『욕 좀 하는 이유나』

류재향 글,
이덕화 그림,
위즈덤하우스, 2019

일기, 친구, 반장, 거짓말, 알림장 등 아이들의 일상에서 소재를 길어 쓴 동화들이 많다. 그중에서도 '욕'을 소재로 삼은 동화는 계륵 같다. 아이들이 입에 욕을 달고 사는 게 안타까워 제발 고운 말을 썼으면 하는 바람을 담았다지만 이래도 되나 싶다. 욕을 다루는 동화는 하나같이 실컷 욕을 하다가 마지막에 욕하지 말자로 끝나기 때문이다. 『욕 좀 하는 이유나』 역시 '욕'을 소재로 삼은 동화지만 좀 다르다. 주인공 유나는 창의적인 욕을 찾으려고 노력한다. 동화를 읽은 아이들은 꼭 유나처럼 사전을 찾아가며 창의적인 욕을 만들길!

함께 읽으면 좋은 책

『가정 통신문 소동』 송미경 글, 황K 그림, 스콜라, 2017
『천 원은 너무해!』 전은지 글, 김재희 그림, 책읽는곰, 2012

책을 읽기 시작한
당신에게   _한미화

    선배는 늘 혀를 찼다. "이렇게 재미있는데 사람들이 왜 안 읽는지 몰라!" 책을 읽고 글을 쓰고 방송에서 책을 소개하는 일을 오래도록 하다 보니 주변에 책에 미친 사람들이 많았다. 그들에 비하면 나는 독서 편력이랄 것도 없는 셈이었다. 더듬어보면 어린 시절 누군가 나의 읽기를 독려한 것도 아닌데 어쩌다 나는 읽는 사람이 되었을까.

    궁금증이 일어나서 사람들에게 물어보기 시작했다. "언제부터 책이 재미있었나요?", "맨 처음 재미있게 읽은 책이 뭐예요?" 이제 성인이 되어 부모로, 직장인으로 살고 있는 이들은 내 질문을 받고 추억 속에 걸어 들어가 책들을 길어 왔다. 소공녀, 해리포터 시리즈, 아가사 크리스티의 추리소설 같은 책 이름이 쏟아졌다. 나 역시 셜록 홈즈가 등장하는 장편 추리소설 『바스커빌 가의 개』가 처음 떠올랐다. 사람들의 이야기를 들으며 공통분모를 찾을 수 있었다. 어릴 때 단 한 권이라도 재미있는 책을 만난 사람은, 그래서 시간 가는 줄 모르고 책을 읽은 경험이 있는 사람은, '읽는 사람'이 될 수 있다. 결국 어린 시절의 경험이 평생 독자를 가른다.

어린이를 위한 시작책을 고르면서 가장 중요하게 생각한 것이 바로 이 경험이다. 어른들은 아이들이 열 살만 되어도 고전, 명작, 교양 도서를 읽어야 한다며 조급해한다. 한국사, 세계사, 사회, 과학 책을 읽어두지 않으면 큰일 날 것처럼 종종거린다. 한 사람의 인생을 길게 보자. 열 살에 한국사 책을 읽는다고 수능에서 국사 시험을 잘 보리라는 보장은 없다. 정말 중요한 건 초등학교 시절 내내 '읽기는 재미있다'는 사실을 몸으로 겪는 일이다. 어린이를 위한 시작책은 이런 기준을 두고 골랐다. 소개된 책 중에서

어떤 책이든 재미있는 책을 한 권 발견하고 신나게 읽어
내는 것, 그것으로부터 평생 독자는 시작된다.

5장

내가 누군지 궁금한
아이들에게

— 한미화

어린이책 평론가이자 출판 칼럼니스트. 25년간
어린이책을 다루어왔다. 사서, 현직 교사 들 사이에서
'책으로 아이와 소통하는 법을 가장 잘 아는 어린이책
전문가'로 손꼽힌다. 저서로 『아홉 살 독서 수업』,
『아이를 읽는다는 것』, 『동네책방 생존 탐구』, 『이토록
어여쁜 그림책』(공저) 등이 있다.

초등 고학년 시작책

『푸른 사자 와니니』
(전 2권)

이현 글,
오윤화 그림,
창비, 2019

어린 암사자 와니니의 성장기다. 약하고 어린 생명들이 어떻게 성장하는지를 그 본질에 가장 가깝게 들려주는 동화다. 몸집이 작고 약한 어린 사자 와니니가 영토를 침입한 떠돌이 수사자를 제 마음대로 살려 보내주었다는 이유로 무리에서 쫓겨난다. 무리를 지어 생활하는 사자에게 혼자가 된다는 건 가장 무서운 벌이다. 사자의 이야기를 그렸지만 어린이문학이 흔히 그렇듯 동화 속에 나오는 모든 동물들은 인간으로 치환되어 생각할 거리를 남긴다. 생명의 순리를 가감 없이 그려낸 동화가 감동을 준다.

함께 읽으면 좋은 책

『사자왕 형제의 모험』 아스트리드 린드그렌 장편동화, 일론 비클란드 그림, 김경희 옮김, 창비, 2015

『투덜이 빈스의 어느 특별한 날』 제니퍼 홀름 지음, 김경미 옮김, 다산기획, 2017

『사랑이 훅!』

진형민 장편동화,
최민호 그림,
창비, 2018

　　초등학교 5학년 엄선정, 신지은, 박담은 친구다. 새 학기가 시작되자 성격이 다른 세 명의 여자아이들에게 저마다 이성 친구에 대한 감정이 생겨난다. 세 명의 소녀에게 다가온, 차마 말하기 어려운 이 감정의 정체는 무엇일까. 어리둥절한 첫사랑의 모습이 담백하게 펼쳐진다. 세 아이들의 사랑이 지닌 색깔과 무늬가 저마다 다른 것도 눈여겨볼 만하다. 엄선정은 이종수와 공개 연애를 하며 종수만 보면 자꾸 북소리가 들린다고 한다. 하지만 신지은은 말 못하는 짝사랑을 하고, 박담은 그동안 친구 사이였던 호태와 사귀기로 한다. 지금까지 아무렇지도 않았는데 어느 날 훅 하고 삶 속에 들어온 사랑의 감정이 궁금한 십대 소녀들에게 꼭 필요한 책이다.

함께 읽으면 좋은 책

『열세 살의 여름』 이윤희 만화, 창비, 2019
『걸스 토크』 이다 글·그림, 시공주니어, 2019

『마틸다』

로알드 달 글,
퀸틴 블레이크 그림,
김난령 옮김, 시공주니어,
2018

초등 3~4학년이 되면 아이들의 읽기 수준이 올라가 제법 두꺼운 동화를 읽어낼 수 있다. 하지만 묘사와 설명이 많은 잔잔한 동화는 아직 벅차다. 아이들에게 필요한 건 한번 손에 잡으면 놓을 수 없는 이야기다. 전 세계 어린이들이 로알드 달의 동화를 사랑하는 데는 이유가 있다. 아이들을 괴롭히는 낙으로 사는 어른들을 마구 혼내주기 때문이다.

『마틸다』에도 믿을 수 없이 못된 어른들이 나온다. 놀랍게도 천재 소녀 마틸다의 부모가 그렇고, 학교의 트런치불 교장도 그런 존재다. 마틸다와 친구들은 덩치가 어마어마하게 큰 교장에게 말도 안 되는 괴롭힘을 당하지만 이렇게 끝날 리 없다. 독자들이 함께 흥분할 무렵이면, 마틸다는 상상의 힘을 지니게 된다. 끝까지 간장을 놓을 수 없는 흥미진진함은 아이들이 장편을 읽을 수 있도록 이끄는 힘이다.

함께 읽으면 좋은 책

『마법의 설탕 두 조각』 미하엘 엔데 글, 진드라 차페크 그림, 유혜자 옮김, 한길사, 2001

『요술 손가락』 로알드 달 글, 퀜틴 블레이크 그림, 김난령 옮김, 열린어린이, 2008

『플레이 볼』

이현 장편동화,
최민호 그림,
한겨레아이들, 2016

사춘기 무렵이 되면, 모든 걸 다 할 수 있고 무엇이든 될 수 있을 것 같은 유년기의 전능감을 벗어나게 된다. 당연한 일이지만 이 감정을 느끼게 되면 당황스럽다. 『플레이 볼』은 구천초등학교 야구부 에이스인 동구의 시선에서 이 이야기를 들려준다. 이제 6학년이 되는 동구는 중학교 진학을 앞두고 마음이 급하다. 지금까지는 '재미있어서 야구를 했다면 지금부터는 이기는 야구를 해야' 하기 때문이다. 이 과정에서 동구에게는 여러 일들이 일어난다. 친구들이 야구를 포기하고, 주전 투수도 4번 타자 자리도 모두 내줘야 하는 상황도 맞닥뜨린다. 지금까지는 동구가 에이스였지만 앞으로는 아니다. 『플레이 볼』은 살면서 만나야 할 이런 당황스러움을 그린 작품이다.

함께 읽으면 좋은 책

『불량한 자전거 여행』 김남중 장편동화, 허태준 그림, 창비, 2009
『롤러 걸』 빅토리아 제이미슨 글, 노은정 옮김, 비룡소, 2016

『밤의 일기』

비에라 히라난다니 지음,
장미란 옮김,
다산기획, 2019

　'2019 뉴베리 영예상' 수상작. 니샤가 열두 살 생일을 맞아 일기장을 선물 받고 돌아가신 엄마에게 편지를 쓰며 이야기가 시작된다. 니샤는 자신과 쌍둥이 동생을 낳다가 돌아가신 엄마를 한 번도 보지 못했다. 자신의 생일은 엄마가 돌아가신 슬픈 날이다. 게다가 니샤를 둘러싼 상황이 급박하다. 인도 독립을 앞두고, 가족들이 살던 지역은 파키스탄으로 분리될 예정이다. 힌두인 아버지를 둔 니샤와 가족은 종교가 다르다는 이유로 위협을 받는다. 결국 가족은 모든 걸 버리고 떠난다. 험난한 여정에서 죽을 고비를 넘기지만 이 과정에서 니샤는 가족의 사랑을 깨닫는다. 서간체로 된 동화는 차마 말하지 못하는 이야기들을 글로 털어놓고 치유되고 성장할 수 있음을 웅변적으로 보여준다.

함께 읽으면 좋은 책

『키다리 아저씨』 진 웹스터 글, 이주령 옮김, 시공주니어, 2003
『헨쇼 선생님께』 비벌리 클리어리 글, 선우미정 옮김, 이승민 그림, 보림, 2005

『진짜 친구』

샤넌 헤일 글,
르윈 팸 그림, 고정아 옮김,
다산기획, 2018

또래 친구가 더없이 중요해진 시기의 아이들이 공감하며 읽을 만한 그래픽 노블. 학년이 올라가며 아이들은 점차 무리를 지어 어울린다. 축구를 좋아하는 아이들, 가수를 좋아하는 아이들이 그룹을 짓는다. 고학년 여자아이의 그룹은 특히 미묘해서, 어른들이 모르는 독특한 생리가 있다. 그룹에는 모든 걸 좌지우지하는 여왕, 여왕에게 충성하는 아이들, 그룹에서 제외되는 아이들 등 다양한 양상이 생겨난다. 여자아이들의 왕따는 이 그룹 안에서 일어나기에 어른은 눈치채기 어렵다. 자전적 이야기를 통해 여자아이들 특유의 심리를 놀라울 정도로 섬세하게 그려냈다. 친구 때문에 고민하는 여자아이들에게 꼭 필요한 책이다.

함께 읽으면 좋은 책

『단짝 친구』 샤넌 헤일 글, 르윈 팸 그림, 고정아 옮김, 다산기획, 2019
『혼자 되었을 때 보이는 것』 남찬숙 글, 정지혜 그림, 미세기, 2015

『코드네임 X』

강경수 글·그림,
시공주니어,
2017

　　랩과 스케이트보드를 사랑하는 열한 살 소년 강파랑. 우연히 낡은 첩보 일지에서 코드네임 바이올릿의 활동을 읽다가 1991년으로 빨려 들어간다. 과거로 간 파랑이는 자기 또래 소녀인 바이올릿과 파트너가 된다. 한데 흥미롭게도 바이올릿은 강파랑의 엄마다! 열한 살 강파랑이 어릴 적 엄마와 함께 세계 평화를 위해 비밀리에 일하는 코믹 첩보 액션물이다. 만화로 데뷔한 이력을 지닌 강경수 작가만이 쓸 수 있는 책이다. 어디로 튈지 모르는 유쾌한 상상력과 코믹한 요소로 책이라면 질색하는 남자아이들을 사로잡았다. 글과 그림이 함께 이야기를 풀어내는, 경계를 넘나드는 스토리텔링도 볼거리다.

함께 읽으면 좋은 책

『건방이의 건방진 수련기』(전 5권) 천효정 글, 강경수 그림, 비룡소, 2018
『복제인간 윤봉구』(4권 발간) 임은하 글, 정용환 그림, 비룡소, 2020

『우주로 가는 계단』

전수경 장편동화,
소윤경 그림,
창비, 2019

읽고 나면 가슴이 따뜻해지는 서정적인 SF다. 고리행성이나 평행우주 이론, 스티븐 호킹, 칼 세이건의 『코스모스』 등 동화 속에 등장하는 우주와 물리에 관한 자료를 함께 찾아보며 읽으면 더 재미있다. 무한히 많은 우주가 존재한다는 평행우주 이론을 알게 된 지수는 그때부터 물리와 우주가 좋아졌다. 이유가 있다. 가족을 사고로 잃었기 때문이다. 평행우주 이론에 따르면 가족들은 지금 지수가 사는 우주에서 죽었을 뿐, 다른 우주에서는 살아 있을지 모른다. 이 희망이 지수를 살게 한다. 특히 아파트 7층에 사는 할머니와 만나며 이 소망은 구체적 미래가 된다. 물리와 우주가 한 소녀에게 희망을 주고 살아갈 힘이 되어줄 수 있다니 이것만으로도 『우주로 가는 계단』을 읽어야 할 이유는 충분하다.

함께 읽으면 좋은 책

『너만 모르는 엔딩』 최영희 SF 소설집, 사계절, 2018
『담임 선생님은 AI』 이경화 장편동화, 국민지 그림, 창비, 2018

『루저 클럽』

앤드류 클레먼츠 글,
불키드 그림, 김선희 옮김,
웅진주니어, 2019

책에 바치는 헌사 같은 동화다. 동화의 소제목도 이름
난 동화를 패러디하고 있고, 동화 속에는 무수한 동화가
소개된다. 앤드류 클레먼츠는 늘 아이들의 현실에 뿌리박
힌 이야기를 들려주는데, 이 작품 역시 그렇다. 『루저 클
럽』의 주인공 앨릭은 책벌레라고 놀림을 당한다. 이것부
터 현실을 닮아있다. 처음에 앨릭은 아이들이 자기를 귀
찮게 하지 못하도록 혼자 책 읽는 걸 즐기지만 종내는 자
기만의 성에서 나와 루저 클럽을 만들어 아이들과 함께
문제를 해결해나간다. 앤드류 클레먼츠의 동화에 꼭 등장
하는, 아이들을 구속하지 않고 믿어주는 어른을 만나는
것도 관전 포인트다.

함께 읽으면 좋은 책

『담을 넘은 아이』 김정민 글, 이영환 그림, 비룡소, 2019
『수요일의 전쟁』 게리 D. 슈미트 글, 김영선 옮김, 주니어RHK, 2017

『헌터걸』
(4권 발간)

김혜정 글,
윤정주 그림,
사계절, 2020

　　판타지를 읽는 재미 중 하나는 작가가 만들어낸 세계에 푹 빠져보는 것이다. 대개 좋은 판타지는 세계관이 탄탄하다. '해리 포터'나 '나니아 나라 이야기' 시리즈는 고유하고 정교한 판타지 세계를 품고 있다. 김혜정의『헌터걸』은 한국형 판타지에서는 보기 힘든 장점을 지닌 동화다. 고유한 세계관, 여성 서사, 어른들에 대한 통쾌한 응징 등이 동화에서 펼쳐진다. 양궁 소녀 이강지는 '헌터걸'의 운명을 타고났다. 고된 수련의 과정을 거쳐 성장하며, 끝내 피리 부는 사나이와 대결할 것이 암시된다. 악당을 응징하는 주문 '우리는 우리를 지킨다'가 말하듯 주체적인 존재로 올바르게 사는 것을 보여주는 판타지다. 현재 4권까지 출간되었다.

함께 읽으면 좋은 책

『한밤중 톰의 정원에서』필리파 피어스 원작, 에디트 그림, 김경희 옮김, 길벗어린이, 2019
'나니아 나라 이야기'(전 7권) C. S. 루이스 글, 폴린 베인즈 그림, 햇살과나무꾼 옮김, 시공주니어, 2019

— 최승필

10년 차 독서교육 전문가. 쓴 책으로는
『우리 역사 진기록』, 『공부머리 독서법』, 『한국사 잘하는
초등학생들의 77가지 비법』 등이 있다. 『사람이
뭐야?』로 제18회 창비 좋은 어린이책 기획 부문 대상을
받았다.

청소년 시작책

『열혈 수탉 분투기』

창신강 지음, 전수정 옮김,
션위엔위엔 그림,
푸른숲주니어, 2008

여기 이상하고도 매력적인 닭 한 마리가 있다. 자기에게 '주인'이라는 존재가 있고, 자기가 가축이라는 걸 이상하게 여기는 수탉, 인간의 말을 알아듣는 수탉. 토종닭계의 이단아인 이 녀석은 울타리 안에서 사육되어야 하는 가축이지만 오롯한 한 생명으로 살아내고자 말 그대로 분투를 펼친다. 그 과정은 유쾌하고 통렬하지만, 다른 한편으로는 슬프고 아프다. 그냥 읽어도 재밌고, 의미를 헤아리며 읽으면 온몸에 소름이 돋는 명작! 책의 재미를 느끼고 싶다면 이 책으로 시작해보라.

함께 읽으면 좋은 책

『갈매기에게 나는 법을 가르쳐준 고양이』 루이스 세뿔베다 지음, 유왕무 옮김, 이억배 그림, 바다출판사, 2015

『동물농장』 조지 오웰 지음, 도정일 옮김, 민음사, 1998

『나는 개입니까』 창신강 지음, 전수정 옮김, 사계절, 2010

『방관자』

제임스 프렐러 지음,
김상우 옮김,
미래인, 2012

만약 책과 담을 쌓고 지낸 청소년이 책 한 권만 추천해달라고 한다면, 게다가 그 청소년이 남학생이라면 주저 없이 첫 손에 꼽을 책! 남학생들의 학교 폭력 문제를 가해자와 피해자, 방관자의 관점으로 다룬 문제작이다. 손에 땀을 쥐게 만드는 긴장감과 눈을 뗄 수 없는 가독성으로 '책을 펼치고 정신을 차려보니 끝까지 읽었더라'는 전설의 독서평을 남긴 작품이기도 하다. 주인공이 처한 상황에 집중해서 읽어본다면, 학교 폭력 아니 모든 폭력 문제의 본질에 한 걸음 더 다가갈 수 있을 것이다.

함께 읽으면 좋은 책

『우아한 거짓말』 김려령 지음, 창비, 2009

『초콜릿 전쟁』 로버트 코마이어 지음, 안인희 옮김, 비룡소, 2004

『트루먼 스쿨 악플 사건』 도리 힐레스타드 버틀러 지음, 이도영 옮김, 미래인, 2008

『어쩌다 중학생 같은 걸 하고 있을까』

쿠로노 신이치 지음, 장은선 옮김, 뜨인돌, 2012

'제목부터 어쩜 이리 내 마음인지' 하고 공감하는 독자들이 많을 것이다. 중학생이 되고 보니 남자애들은 멋진 척, 센 척하고, 여자애들은 치맛단을 줄이고 화장을 하고…. '나도 그래야 하나?' 싶고, 생각해보니 그러고 싶은 것 같기도 하고…. 청소년기에 접어들면서 겪게 되는 혼란과 불안을 이처럼 사실적이면서도 유쾌하고 재미있게 그린 작품은 또 없을 테다. 너무 재미있어서 페이지가 획획 넘어갈 텐데, 꼭 기억하라. 이 재미있는 이야기 안에 청소년기에 대한 아주 중요한 진실이 숨어있다는 것을.

함께 읽으면 좋은 책

『중학교 1학년』 수지 모건스턴 지음, 이정임 옮김, 바람의아이들, 2004

『휴대폰 전쟁』 로이스 페터슨 지음, 고수미 옮김, 푸른숲주니어, 2013

『속삭임의 바다』 팀 보울러 지음, 서민아 옮김, 놀, 2015

『열네 살의 인턴십』

마리 오드 뮈라이 지음,
김주열 옮김,
바람의아이들, 2007

당신의 장래희망은 무엇인가? 혹시 장래희망을 정하는 기준이 '돈을 많이 버는 직업'이나 '안정적인 직업'인가? 아니면 아직 평생 하고 싶은 일을 못 찾았나? 그렇다면 이 책을 꼭 읽어보라. 공부는 영 젬병이었던 열네 살짜리 소년이 우여곡절 끝에 자신의 꿈을 찾고 실현시키는 이야기다. 특히 주인공이 꿈을 발견하는 과정은 '맞아. 이것 말고 다른 방법은 없어' 하곤, 무릎을 탁 치게 만든다. 꿈을 찾는 유일한 방법을 알려주는데다 재미있기까지 하다.

함께 읽으면 좋은 책

『뚱보, 내 인생』 미카엘 올리비에 지음, 조현실 옮김, 바람의아이들, 2004
『불량소년, 날다』 고든 코먼 지음, 최제니 옮김, 미래인, 2019
『로봇 소년, 날다』 고든 코먼 지음, 정현정 옮김, 미래인, 2013

『돼지가 한 마리도
죽지 않던 날』

로버트 뉴턴 펙 지음,
김옥수 옮김,
사계절, 2017

　우리는 종종 성장이 얼마나 고통스러운 일인지 잊어버리곤 한다. 성장이란, 비정한 현실 위에 무거운 짐을 지고 홀로 서는 존재가 되는 일인데 어떻게 밝고 아름다울 수만 있을까. 성장하기 위해서는 산타클로스를 믿을 수 있었고, 라임오렌지 나무와 이야기를 나눌 수 있었던 나의 순진무구함을 끊어내야 한다. 나를 지켜주던 부모의 그늘에서 걸어 나와야 한다. 이 소설에는 아프고 외로운, 그래서 슬픈 성장 이야기가 고스란히 담겨 있다.

함께 읽으면 좋은 책

『리버보이』 팀 보울러 지음, 정해영 옮김, 놀, 2018
『몽실 언니』 권정생 소년소설, 이철수 그림, 창비, 2012
『자전거 도둑』 박완서 글, 한병호 그림, 다림, 1999

『아름다운 아이』

R. J. 팔라시오 지음,
천미나 옮김,
책과콩나무, 2012

    안면 기형을 안고 태어난 아이가 있다. 그냥 안면 기형이 아니다. 너무나 끔찍해서 보는 사람을 얼어붙게 만드는 얼굴, 악몽에 시달리게 만드는 얼굴이다. 이렇게 끔찍한 얼굴을 가진 아이가 처음으로 학교에 가려고 한다. 만약 당신이 이런 얼굴을 갖고 태어났다면 어떨까? 만약 우리 반에 이런 얼굴을 가진 아이가 전학을 온다면 어떨까? 이 이야기를 펼치는 순간 '우리가 진짜 보아야 할 것은 무엇인가'라는 질문과 마주하게 된다. 그리고 이 질문의 답을 찾을 수밖에 없을 것이다.

함께 읽으면 좋은 책

『피티 이야기』 벤 마이켈슨 지음, 홍한별 옮김, 양철북, 2008
『완득이』 김려령 지음, 창비, 2008
『우리 누나』 오카 슈조 글, 카미야 신 그림, 김난주 옮김, 웅진주니어, 2002

『나무소녀』

벤 마이켈슨 지음,
박근 그림, 홍한별 옮김,
양철북, 2006

　재미있는 청소년 소설이 어디 한두 권이겠냐만, 그중
에서 꼭 읽어봐야 할 책 한 권을 고르라고 한다면 실화를
바탕으로 과테말라 내전을 다룬 『나무소녀』를 꼽겠다. 벤
마이켈슨은 독자가 청소년이라고 해서 봐주는 법이 없다.
항상 끝까지 몰아붙인다. 이 작품을 펼치는 순간, 우리는
인간의 존엄이 무참하게 짓밟히고 도륙되는 전쟁의 참상
에서 눈을 돌릴 수 없게 된다. 그리고 우리가 살고 있는
세상을 다른 눈으로 바라보게 될 것이다.

함께 읽으면 좋은 책

『줄무늬 파자마를 입은 소년』 존 보인 지음, 정회성 옮김, 비룡소, 2007
『왜 세계의 절반은 굶주리는가?』 장 지글러 지음, 유영미 옮김, 우석훈 해제, 주경복 부록,
갈라파고스, 2016
『시인 동주』 안소영 지음, 창비, 2015

『바르톨로메는 개가 아니다』

라헐 판 코에이 지음,
박종대 옮김,
사계절, 2005

중세 시대 귀족들 사이에서는 장애인을 애완용 인간으로 키우는 것이 유행이었던 때가 있었다고 한다. 멀쩡한 아이를 잡아다가 장애인으로 만들어 파는 인신매매까지 있었을 정도다. 이 이야기의 주인공 바르톨로메도 그런 애완용 인간 중 한 사람이다. 이 소설은 애완용 인간이라는 끔찍한 현실을 딛고 자아를 찾아가는 한 척추장애인 소년의 인생 이야기이면서, 동시에 세계사에서 가장 중요한 시기 중 하나인 르네상스 시대를 다룬 걸출한 역사소설이기도 하다.

함께 읽으면 좋은 책

『푸른 늑대의 파수꾼』 김은진 지음, 창비, 2016

『빵과 장미』 캐서린 패터슨 지음, 우달임 옮김, 문학동네, 2010

『울프 와일더』 캐서린 런델 지음, 백현주 옮김, 천개의바람, 2019

『떡갈나무 바라보기』

주디스 콜·허버트 콜 지음,
이승숙 옮김,
최재천 추천·감수,
사계절, 2002

인간은 컬러풀한 3차원 세계를 살아간다. 나 역시 그 것이 세계의 진짜 모습인 줄 알았다. 그런데 이 책을 읽고 알았다. 그것이 인간 특유의 감각기관으로 체험하는 재구성된 세계에 불과하다는 것을. 개미가 감각하는 세계, 뱀이 감각하는 세계, 두더지와 벌이 감각하는 세계는 우리가 감각하는 세계와 전혀 다른 모습이라고 한다. 궁금하지 않은가? 이 책은 우리가 당연하게 믿고 있던 세계의 모습에 균열이 가는 놀라운 경험을 하게 해준다.

함께 읽으면 좋은 책

『하리하라의 과학블로그』 이은희 지음, 류기정 그림, 살림, 2005
『생명이 있는 것은 다 아름답다』 최재천 지음, 효형출판, 2001
『폭발적 진화』 사라시나 이사오 지음, 조민정 옮김, 생각정거장, 2018

『로봇 시대, 인간의 일』

구본권 지음,
어크로스,
2020

　　4차 산업혁명, 자율주행자동차, 인공지능…. 기술의 발전 속도가 너무 빨라 숨이 가쁠 지경이다. 그리고 이런 놀라운 기술들이 세상을 어떻게 바꿔놓을지 기대도 되고, 걱정도 된다. 이 책은 지금 개발이 완료되었거나, 10년 이내에 완료될 것이 확실한 새로운 기술들이 불러올 변화를 다루고 있다. 그것은 먼 미래가 아니라 지금 당장 일어나고 있는 변화다. 그 변화의 끝에는 지금껏 우리가 경험해보지 못한 새로운 세상이 기다리고 있다. 바로 당신이 살아갈 세상 말이다.

함께 읽으면 좋은 책

『십 대가 알아야 할 인공지능과 4차 산업혁명의 미래』전승민 지음, 팜파스, 2018

『로봇의 부상』마틴 포드 지음, 이창희 옮김, 세종서적, 2016

『십 대를 위한 미래과학 콘서트』정재승 외 지음, 청어람미디어, 2018

『청소년을 위한 경제의 역사』

니콜라우스 피퍼 지음,
알요샤 블라우 그림,
유혜자 옮김,
비룡소, 2006

경제 공부라고 하면 흔히 돈을 많이 벌기 위한 공부라고 생각하기 쉽지만 사실은 별 상관이 없다. 경제 공부를 해야 하는 진짜 이유는 그것 없이는 우리가 살고 있는 이 문명사회를 제대로 이해할 수 없기 때문이다. 문명사에 기록된 모든 일들이 결국은 다 먹고살자고 한 일들이기 때문이다. 국가가 생겨난 것도 경제 때문이고, 허구한 날 전쟁을 벌인 것도 경제 때문이다. 이 책은 경제사의 굵직한 사건들을 하나하나 펼쳐서 보여준다. 이는 이 세상의 작동 원리를 펼쳐서 보여주는 것과 같다.

함께 읽으면 좋은 책

『17살 경제학』 한진수 지음, 갤리온, 2006

『우리가 몰랐던 노동 이야기』 하종강 지음, 나무야, 2018

『열정페이는 개나 줘』 창작크루 고온 지음, 장수동 감수, 탐, 2016

『앨버트로스의 똥으로 만든 나라』

후루타 야스시 글,
요리후지 분페이 그림,
이종훈 옮김,
서해문집, 2006

이 책은 네 가지 점에서 놀랍다. 첫째, 제목이 실화다. 이 책에 등장하는 나우루 공화국은 실제로 앨버트로스의 똥이 쌓여 만들어진 섬에 살던 사람들이 세운 나라다. 둘째, 영유아용 그림책처럼 글이 적고 그림이 많다. 셋째, 그림이 가득한 이 짧은 책 속에 고대에서 현대에 이르는 긴 역사가 담겨 있다. 넷째, 다 읽고 나면 세계사의 굵직한 흐름을 이해하게 된다. 짧은 책이라고 별것 없겠지 생각하면 큰코다칠 것이다. 자세히 들여다보면 깜짝 놀랄 만큼 많은 것을 주는 책이다.

함께 읽으면 좋은 책

『어느 외계인의 인류학 보고서』 이경덕 지음, 사계절, 2013
『청소년을 위한 사회학 에세이』 구정화 지음, 해냄, 2011
『어쩌다 대통령』 사라 카노 지음, 나윤정 옮김, 미래인, 2020

'철학 통조림'
(전 4권)

김용규 조리사,
김동연 푸드코디,
주니어김영사, 2016

'철학'이라고 하면 골치 아프고 어려운 것, 실생활과는 별 상관이 없으면서 소크라테스나 플라톤 같은 긴 이름들이 줄줄이 이어지는 것이라고 생각하기 쉽다. 이 책은 이런 오해를 딱 한 줄로 풀어준다. 철학이란 '꼼꼼히 따져 생각하는 것'이라고. 일상생활의 문제들을 통해 어떻게 '꼼꼼하게 따져 생각'할 수 있는지 독자를 이끌어준다. 어떤 생각을 하느냐, 어떤 생각의 힘을 갖고 있느냐가 곧 그 사람이고, 그 사람의 역량이다. 그리고 이 책은 그 역량을 키울 수 있도록 도와준다.

함께 읽으면 좋은 책

『소피의 세계』 요슈타인 가아더 지음, 장영은 옮김, 현암사, 2015
『생각한다는 것』 고병권 글, 너머학교, 2010
『칸트처럼 생각하기』 만프레트 가이어 지음, 조병희 옮김, 사계절, 2007

『교양 있는 우리 아이를 위한 세계역사 이야기』
(전 5권)

수잔 와이즈 바우어 지음,
이계정 옮김, 정병수 그림,
꼬마이실, 2005

우리는 학교에서 역사를 배운다. 그런데 외워야 할 사건과 인물, 도표 때문에 재미를 찾기가 쉽지 않다. 역사는 사람의 이야기다. 우리보다 앞서 살았던 수많은 인물들이 겪은 사건과 노력, 투쟁과 협력의 이야기다. 세계 역사 이야기는 역사가 이런 이야기라는 사실을 일깨워준다. 애써 외우려 하지 말고 옛사람들의 이야기를 듣는다는 마음으로 읽어보시라. 수많은 영웅과 악당, 민초 들의 이야기들이 얽히고설켜 여기까지 왔다는 것을 자연스레 깨달을 수 있을 것이다.

함께 읽으면 좋은 책

『한번에 끝내는 세계사』 시마지키 스스무 지음, 최미숙 옮김, 북리이프, 2020

『식탁 위의 세계사』 이영숙 지음, 창비, 2012

『옷장 속의 세계사』 이영숙 지음, 창비, 2013

『왜 세계의 절반은 굶주리는가?』

장 지글러 지음, 유영미 옮김, 우석훈 해제, 주경복 부록, 갈라파고스, 2016

우리 지구에 굶어 죽는 사람은 '당연히' 없어야 한다. 세계 인구가 70억 명인데 식량 생산량은 120억 명을 먹여 살리고도 남을 정도로 충분하니까. 그런데 어찌 된 일인지 세계 인구의 20퍼센트는 심각한 기아에 허덕인다. 5초마다 한 명의 아이가, 하루에 10만 명이 굶어 죽는다. 저자는 왜 이런 부조리한 일이 벌어지는지, 왜 조금도 나아지지 않는지 상세히 펼쳐 보여준다. 그리고 그 진실은 아프고 부끄럽다. 우리가 몸담고 있는 세계 질서의 민낯을 볼 준비가 되어 있는가? 그렇다면 이 책을 펼쳐보라.

함께 읽으면 좋은 책

『왜 세계의 가난은 사라지지 않는가』 장 지글러 지음, 양영란 옮김, 시공사, 2019

『마지막 거인』 프랑수아 플라스 지음, 윤정임 옮김, 디자인하우스, 2002

『국경 없는 마을』 박채란 글·사진, 한성원 그림, 서해문집, 2004

책을 읽기 시작한
당신에게   _최승필

여러분은 살면서 권장도서, 필독도서, 추천도서 목록을 무수히 접해봤을 거예요. 독서교육 전문가 입장에서 슬쩍 귀띔해드리자면 그런 목록 따위는 그냥 싹 무시하셔도 된답니다. 독서는 지극히 개인적인 행위거든요. 여러분의 마음을 잡아끄는 책, 재미있겠다 싶은 책을 찾아서 읽는 것. 그게 최고고 실제로 그렇게 읽어야 해요. 그래야 몰입해서 읽을 수 있고, 몰입해서 읽어야 독서의 효과도 누릴 수 있기 때문이에요.

내가 효과적인 독서를 하고 있는가 아닌가를 판별하는 방법은 아주 간단해요. 책을 펼쳤는데 흰 것은 종이요, 검은 것은 글자구나 싶을 정도로 재미없고 지루하잖아요. 그러면 최악의 독서를 하는 것이니 미련 없이 책장을 덮으면 돼요. 글자를 꾸역꾸역 읽는다고 다 독서인 건 아니거든요. 독서는 일종의 현상이에요. 책을 펼치고 10

분쯤 지났을 때 불현듯 정신을 잃듯 책 속으로 빠져드는 경험을 해본 적이 있나요? 책에 너무 몰입한 나머지 글자를 읽고 있다는 자각 자체가 사라지는 거예요. 정신을 차려보니 한 시간이 지나가 있고, 언제 읽었는지 모르게 100페이지쯤 넘어가있고, 그런데 머릿속에 책 속 상황이 생생하게 남아있고. 이게 바로 독서라는 현상이에요. 책을 싫어한다는 것은 사실, 독서 현상을 경험한 적이 없다는 뜻이에요. 이 현상을 한번 경험하고 나면 누구나 독서를 좋아할 수밖에 없으니까요. 빌 게이츠가 그랬고, 스티브 잡스가 그랬어요. 아니, 세상의 독서가들 모두가 바로이 독서의 즐거움을 통해 태어난 존재들이죠.

여기 모아놓은 책들은 제가 청소년들과 함께 읽은 책중에 가장 많은 청소년에게 '독서 현상'을 선사해준 책들이에요. 재미있고, 스펙터클하고, 때로는 웃기고, 감동적이죠. 만약 지금껏 독서와 담을 쌓고 지냈다면, 독서는 재미없고 지루한 것이라는 생각을 품고 있다면 이 책들로 한번 시작해보셨으면 해요.

부탁하고 싶은 게 하나 있어요. 만약 이 책들로 독서의 즐거움을 깨닫게 된다면 그땐 누군가가 추천해주는 도서 목록 대신 여러분 스스로 서점이나 도서관 서가로 걸어 들어가 여러분의 마음을 잡아끄는 책 한 권을 직접 찾아봐달라는 거예요.

독서가가 된다는 건요. 서가라는 생각의 바다를 여행하는 항해자가 되는 거예요. 누구나 자신의 흥미와 재미를 좇아 책을 골라요. 그런데 어느 정도 시간이 지나 읽은 책들을 뒤돌아보잖아요. 그러면 그 책들 사이에 묘한 연관성, 맥락이 보일 거예요. 그 맥락이 바로 여러분이 어떤 사람인지 말해줘요. 생각의 궤적이 어떤 과정을 거쳤는가를 보여주죠. 이 책들이 그 항해를 위한 힘찬 마중물이 되었으면 좋겠어요.

자, 그럼 설레는 마음으로 출발해봅시다. 이 가슴 뛰는 항해를 말이죠.

시작책

2020년 9월 5일 1판 1쇄 인쇄
2020년 9월 15일 1판 1쇄 발행

엮은이   한국서점인협의회
지은이   강양구, 김기대, 김동국, 김서령, 김채린, 설재인, 연지원
            이숙현, 이진우, 최승필, 한미화, 황인찬
펴낸이   한기호
책임편집 염경원
편집   도은숙, 정안나, 유태선, 김미향, 김민지
마케팅   윤수연
경영지원 국순근
디자인   블랙페퍼디자인
펴낸곳   북바이북
            출판등록 2009년 5월 12일 제313-2009-100호
            주소 04029 서울시 마포구 동교로 12안길 14 삼성빌딩 A동 2층
            전화번호 02-336-5675 팩스 02-337-5347
            이메일 kpm@kpm21.co.kr
            홈페이지 www.kpm21.co.kr

ISBN 979-11-90812-06-1 03800

이 도서의 국립중앙도서관 출판예정도서목록(CIP)은 서지정보유통지원시스템 홈페이지
(http://seoji.nl.go.kr)와 국가자료공동목록시스템(http://www.nl.go.kr/kolisnet)에서
이용하실 수 있습니다. (CIP제어번호: CIP2020036257)
북바이북은 한국출판마케팅연구소의 임프린트입니다.
책값은 뒤표지에 있습니다.